KB038281

해나가 있던 자리

해나가 있던 자리

오소희 소설

북하우스

차례

길을 잃고
길을 떠나다

해나는 하루에도 수십 번 '그날'을 생각하며 보냈다. 그때 우유를 사러 편의점에 다녀오지 않았더라면, 경비실 옆에 죽어 있던 어린 고양이를 보고 도로 들어왔더라면, 그 불길한 표식을 신중히 받아들였더라면, 아니, 그저 아이에게 같이 다녀오자고 했더라면, 아니, 우유 같은 건 잊고 세상에 하나뿐인 내 새끼, 우리 재인이, 한 번 더 품어 안고, 한 번 더 사랑한다고 말하고, 한 번 더 뽀뽀를 퍼붓고, 그냥 그렇게 뒹굴었더라면…… 해나는 가슴을 쳤다. 이제 겨우 여섯 살인데, 겨우 여섯 살인데, 돌연사라니…… 그러니까 그 바보같이 당황하던 의사가 있던 병원 말고 다른 데 갔더라면, 아니, 아니, 아니…… 열 번이고, 스무 번이고, 해나는 '그날'을 되풀이하며 보냈다.

해나는 밤마다 술을 꺼냈다. 냉장고 앞에 선 채로 단숨에 들이켜고 캔을 구겨버렸다. 그리고 재인의 방으로 들어가 침대에 몸을 던졌다. 그녀가 아이 침대에서 자기 시작한 것은 자연스럽고도 당연한 일이었다. 아이의 심장은 바로 그 침대에서 멈췄으므로. 고작 유통기한이 더 긴 우유를 고르느라 시간을 끄는 사이에. 물에 빠진 자식을 물가에 선 채 잃은 어미라면 누구라도 물가를 서성거리는 법이다. 낮이 밤이 되고, 밤이 낮이 될 때까지, 계절이 바뀌고, 해가 바뀔 때까지…… 해나는 거북이 인형을 안고 얼굴을 묻었다. 아무리 깊이 숨을 들이마셔도 소용없었다. 이제 거기서 나는 냄새는 해나 자신의 것이었다. 그래도 인형의 구석구석, 빠짐없이 킁킁거렸다. 아이 손때가 묻은 거기 어딘가, 상황을 벗어날 출구가 숨어 있기라도 한 듯. 해나는 매일 밤 재인의 방에 새로 수감된 수인처럼 출구를 찾다, 자포자기하며 잠이 들었다.

어느 밤, 해나는 가슴팍에 불덩이가 붙은 듯 뜨겁고 고통스러웠다. 재인, 재인, 오직 재인을 안고 싶었다. 그런 증상은 기습적으로 찾아왔다. 거북이 인형을 꽉 끌어안았다. 소용없었다. 재인의 조그맣고 따뜻하고 부드러운 몸, 그 손을 쥐고, 그 뺨을 부비고, 그 냄새를 맡고, 그 벌떡이는 심장박동을 가슴으로 전해 들어야만 꺼질 불덩이였다.

해나는 인형을 안은 채, 불에 덴 사람처럼 어쩔 줄 모르며 빈 집을 서성였다.

"엄마!"

재인의 목소리가 들렸다. 해나는 숨바꼭질하는 사람처럼 숨을 죽였다.

"엄마!"

또 재인의 목소리가 들렸다. 해나는 더 숨을 죽였다. 사실 재인은 시도 때도 없이 해나를 불렀다. 해나가 대답하지 않으려 이를 악물었을 뿐이다. 재인은 부를 수 있으나, 해나는 대답할 수 없는 것. 그 단순한 규율 안에 넘어설 수 없는 생과 사의 경계가 명확히 그어져 있었다. 상담사는 재인과 말하는 것을 멈추라고 단호하게 조언했다.

'그렇지만…….'

'그래도…….'

해나는 이를 악문 채 인형을 품고 두 손으로 자신의 팔을 틀어쥐었다.

얼마나 시간이 흘렀을까. 얼마나 필사적으로 틀어쥐고 있었던 걸까. 문득 해나는 자신의 손톱 아래 맺힌 피를 보았다.

'아니야.'

고개를 흔들었다.

'안 돼.'

담요 한 장만 널브러져 있는 텅 빈 집을 보았다.

'안 된다고.'

붙박이장의 차가운 금속 봉을 보았다. 죽음의 돌조각들이 비늘처럼 촘촘하게 마음을 뒤덮었다. 해나는 미친 듯이 돌조

각들을 흩뜨렸다.

'이건 아니야.'

해나는 마지막 힘을 모아 생각했다.

'이건 재인이가 원하는 게 아니야!'

해나는 인형을 배낭에 쑤셔 넣고 거리로 뛰쳐나갔다. 저만치서, 훤하게 불을 밝힌 버스 한 대가 달려오고 있었다. 거구의 들짐승처럼 성큼성큼 다가왔다. 해나는 손을 높이 들었다. 무조건 올라탔다. 버스 안에는 힘찬 행진곡이 흘렀다. 승객들은 모두 큰 가방을 하나씩 지니고 있었다.

버스의 종점은 공항이었다. 공항청사로 들어서자마자, 해나는 눈앞의 안내데스크로 돌진했다.

"아무 표나 주세요. 지금 당장 떠나는 걸로!"

7년 전, 서른 살의 해나는 임신한 것을 알았다. 뜨뜻미지근하게 관계를 유지해왔던 연인은 못마땅했다.

"그렇게 자유롭게 살 거라고 했건만……."

그는 큰 프로젝트를 망친 부하직원에게 상사가 짓는 표정을 지었다. 그리고 병원에서 쓸 돈을 조금 내놓았다.

일찍 여읜 부모님 대신 해나를 돌봤던 오빠 내외는 드러내놓고 실망했다. 특히 공무원인 오빠는 다가올 풍파를 두려워했다. 그들 역시 병원에서 쓸 돈을 조금 내놓았다.

"서둘러라. 빠를수록 좋다."

해나는 뱃속 아이가 그들의 말을 들을까봐, 아이의 귀를 감싸듯 두 손으로 배를 감쌌다.

'미안해. 내게 이런 사람들밖에 없어서. 하지만 이제부터는

아니야. 그들을 떠날 거야. 너를 지키기 위해 난 무엇이든 할 수 있어.'

해나는 다니던 회사를 그만두었다. 전화번호도 바꿨다. 나무가 많고 유모차를 밀기 좋은 공원이 있는 동네에 원룸을 얻었다.

해나는 잊을 수가 없다. 신생아를 안고 처음 원룸으로 들어서던 그날을. 바람이 많이 부는 날이었다. 거대한 은행나무는 창문 바로 밖에서 온몸을 흔들었다. 그런데도 해나에게는 마치 나무가 머나먼 뭍에서 아스라이 손을 흔드는 것만 같았다. 겁이 났다. 아기와 단둘이 올라탄 뗏목이 자꾸만 멀리, 뭍에서 멀리, 떠밀려 가는 것 같았다.

그때였다. 속싸개 안에서 고물대던 아기가 '앙!' 울었다. 울음소리는 멱살을 잡듯 해나를 당장 뭍에 끌어다 놓았다. 해나는 허둥지둥 서둘렀다. 기저귀를 갈았다. 물을 끓였다. 배냇저고리를 삶았다. 밥을 지었다. 젖을 물렸다. 젖이 충분히 돌지 않아서, 물리고 또 물렸다. 그러고 나면 견딜 수 없이 허기가 져, 종일 땅을 판 인부처럼 밥을 삼켰다.

혼자 감당하는 뭍의 생활은 고됐다. 해나는 혼절하듯 잠이

들었다. 하지만 신기하게도 아기가 자그만 기척이라도 내면 번쩍 눈이 떠졌다. 아기는, 해나가 살면서 했던 그 어떤 일보다 뚜렷한 보람을 주었다. 매우 구체적인 방식으로. 그 어떤 선택보다 옳은 선택이었음을 확신하게 해주었다. 그러니까, 보름달같이 환하게 차오르는 얼굴로. 나날이 부풀어오르는 엉덩이로. 아기는 해나와 눈이 마주치면 사지를 버둥대며 웃었다. 해나는 강인하게 뭍에 뿌리를 내렸다.

아이가 태어난 지 일 년쯤 지났을 때, 저금해둔 돈이 바닥을 드러냈다. 해나는 컴퓨터 앞에 앉아 코딩 일을 시작했다. 신입사원 시절, 그녀는 자기보다 그 일에 맞지 않는 사람이 또 있을까 싶었다. 그녀가 대학에서 전공한 것은 외국문학이었다. 언제나 책을 좋아했다. 인터넷 서점에 취직한 것도 그래서였다. 하지만 가장 먼저 주어진 업무는 코딩이었다. 해나는 몇 번이나 여직원 화장실에서 눈물을 훔쳤다.

이제, 해나는 고작 이 정도 일에 눈물을 훔치며 엄살을 부렸던 시절이 있었나 싶었다. 이 일처럼 자신의 상황에 완벽하게 맞아떨어지는 일이 있을까 싶었다. 출퇴근할 필요도 없고, 근무시간도 자유로운 일.

해나는 주로 아기가 깊이 잠든 밤에 일했다. 몸은 피로로 산산조각이 났다가, 보람으로 제자리에 붙기를 반복했다. 저금은 아주 조금씩 늘어났다. 두 해 뒤, 해나는 창밖으로 논두렁이 보이는 근교의 다세대주택으로 이사했다. 방은 두 개가 되었고, 해나는 그중 하나에 무지개 기차가 은하수를 달리는 벽지를 발랐다.

자신의 방에 들어선 첫날, 재인은 환호했다.

"우와!"

"우와!"

"우와!"

새 침대에서 폴짝폴짝 뛰다가 떨어져 기어이 머리에 혹을 만들었다. 하지만, 10초도 안 되어 헤 웃었다.

"엄마, 날 봐! 하나도 안 아파!"

재인은 다시 폴짝폴짝 뛰기 시작했다.

얼결에 잡아탄 비행기는 해나를 적도 근처의 공항에 내려놓았다. 공항청사를 나서자, 후끈한 공기가 온몸에 달라붙었다. 투박한 콘크리트 건물 사이로 야자수들이 우뚝했다. 그곳은 오랜 세월 동안 식민지였고, 자신들을 지배했던 사람들의 언어를 사용하고 있었다. 해나는 대학에서 그 언어로 쓰인 문학을 공부했다.

어두운 곳에서 담배를 피던 무리 가운데 한 남자가 해나에게 다가왔다. 호리호리하고 키가 컸다.

"시내에서 가장 좋은 호텔을 찾고 있니? 내가 데려다줄게."

그는 시내에서 가장 좋은 호텔이 아닌 곳에 해나를 데려다 놓았다. 그래도 해나는 계속 거기 머물렀다. 근처에 제법 향기로운 커피를 만드는 카페가 있었기 때문이다. 커피를 마시는 일 외에, 별로 하고 싶은 것도 없었다. 해나는 관광도, 쇼핑도 하지 않았다. 최소한의 생활을 위해 여름옷 두 벌, 속옷, 세면 도구를 마련했을 뿐.

호텔 주변은 핑크빛 유흥가였다. 화장이 진한 트랜스젠더들이 어슬렁거렸다. 갈색 얼굴의 처녀들이 흰 얼굴의 할아버지들과 팔짱을 끼고 걸었다. 마사지 숍과 바Bar들이 즐비한 거리에 종일 싸구려 향수 냄새와 술 냄새가 진동했다. 밤낮으로 감미로운 팝송이 넘쳐흘렀다. 유혹의 말들도 넘쳐흘렀다. 사람들은 모두 늦게 잠들고 늦게 일어났다.

하지만 그 어떤 낯선 모습도, 냄새도, 소리도, 해나에게 이르면 흐릿해졌다. 마치 온몸을 랩으로 칭칭 감은 듯, 해나는 매일 아침 호텔 창가에 앉아 그 도시의 풍경을 몽롱한 감각으로 내려다보았다. 오후가 되면 몽롱하게 무질서한 교차로를 건넜고, 카페에 앉아 다시 몽롱하게 창밖을 내다보았다. 아무리 커피를 마셔도 몽롱함에서 깨어날 수는 없었다.

광활한 사막 한가운데에 뻣뻣한 막대기가 되어 꽂혀 있는 느낌

그것은 집에서부터 시공간을 초월해 따라왔다.

계절이 네 번 바뀌는 동안, 해나는 대부분의 시간을 아이 침대에 누워서 보냈다. 무지개 기차는 여전히 은하수를 달리고 있었고, 동화책들은 화려한 색감을 뽐내며 책꽂이에 꽂혀 있었다. 빨간 이층버스가 그려진 하늘색 점퍼는 마지막에 걸어놓은 그대로 옷걸이에 있었다. 사랑스러운 유아의 방 풍경이었다. 그럼에도, 아니 그렇기에, 그녀의 감각은 오직 한 가지였다.

광활한 사막 한가운데에 뻣뻣한 막대기가 되어 꽂혀 있는 느낌

해나는 본능적으로, 속삭이곤 했다.

"미안해, 재인아. 용서해줘."

그러고 나면 의식적으로, 속삭이곤 했다.

"괜찮아, 해나. 네 잘못이 아니잖아."

사죄하고 용서하는 의식. 상담사가 가르쳐준 의식이었다. 그녀는 똑같은 의식을 충분히 반복했다. 때로는 자신의 어깨를 안고 위로하면서. 때로는 자신의 상처를 깊숙이 찌르면서. 때로는 다만 기계적으로. 그녀는 가능한 인간의 모든 버전으로 자신을 사죄하고 용서했다.

아무런 차도 없이.

해나의 상담사는 인자한 눈매를 지닌 할머니였다. 그녀는 해나가 말할 때마다, 안경을 벗어 묵주처럼 어루만지며 고개를 끄덕였다.

"그래요, 그럼요, 그럴 수밖에 없지요. 이해합니다……."

해나는 그녀를 찾아가 이야기하는 것이 좋았다.

어느 날 상담사는 안경을 도로 얼굴에 끼고 말했다.

"지금 살고 있는 공간을 떠나보세요. 며칠이어도 좋으니, 새로운 환경 속에서 재충전을 해보세요."

해나는 그녀의 조언을 따르기로 했다. 그런데, 좀 거창하게 따랐다. 먼저 집을 정리했다. 그러고는 가재도구를 정리했다. 작은 배낭 한 개만 남겼다. 기차가 그려진 재인의 하늘색 가방이었다. 거기에 가장 먼저 거북이 인형을 넣었다. 그러자 필요한 것은 다 챙긴 듯했다. 가까스로, 신분증과 현금이 필요할지도 모른다는 생각이 떠올라 가방 앞주머니에 넣어두었을 뿐. 가방 싸기는 그렇게 간단히 끝나버렸다.

떠나야겠다, 해나는 마음먹었다. 떠나서 수중의 돈을 다 써버려야겠다, 굳게 마음먹었다. 그것이 무엇이든 소유할 이유가 없었다. 소유란, 더 오래 더 안전하게 가족을 존속시키기 위한 방편이었다. 재인과 함께할 미래였다. 이제 해나에겐 무언가를 소유할 이유가 남아 있지 않았다.

때마침 집주인이 사정이 생겼다며 한 달 뒤에나 새 세입자가 들어올 거라 알려왔다.

세간이 하나도 없는 집에서, 해나는 홈리스처럼 바닥에 담요 하나만 깔고 밤을 보냈다. 그런데도 아침이 오면 망설여졌다. 언제 떠나야 하는 걸까? 어디로 떠나야 하는 걸까? 해나는 하늘색 배낭을 메고, 빈 거실에서, 정말로 바깥세상을 활보하듯, 큼지막하게 팔을 휘두르며 걷는 연습을 했다. 빈집에 발걸음이 크게 메아리쳐 울렸다. 그럴수록 더욱 분명해지는 건, 해나 자신에게 목적지가 없다는 사실이었다. 그녀가 원하는 건

떠나는 것이 아니었다.

사라지는 것이었다.

해나는 고개를 저었다. 배낭을 내려놓았다. 그리고 재인이 떠난 뒤 생긴 습관대로, 붙박이장 안의 금속 봉을 오래오래 노려보았다. 차갑고 매끄러운 저것, 저것이 내 체중을 버텨줄까? 괜한 소동을 부리지 않고, 단번에 성공할 수 있을까? 그런 생각을 하노라면, 마음은 어느덧 죽음의 돌조각들로 뒤덮여 숨을 멈췄다.

해나와 재인은 늘 살을 맞대는 가족이었다.

"장난감 좀 정리해줘."

쪽.

"가위바위보! 졌으니까, 뽀뽀!"

쪽쪽.

"이겼으니까, 뽀뽀!"

쪽쪽쪽.

"어린이집 잘 다녀와."

쪽쪽쪽쪽.

"방 정리하면 아이스크림 사줄게."

쪽쪽쪽쪽쪽.

심지어 밥을 먹다가도 비상벨을 울리듯 둘 중 하나가 외쳤다.

"지금! 뽀뽀 천만 번!"

그러면 입에 든 게 생선이든 김치든 즉각 주둥이를 한데 모아야 했다. 잠시 떨어져 있던 제 살점을 확인하듯이, 쪽쪽쪽쪽쪽쪽쪽쪽쪽……

재인은 어리지만 배려심 많은 아들이었다. 해나가 낮에 꾸벅꾸벅 졸면, 자신이 아끼던 애완용 청거북, 낑낑과 꽁꽁에게 속삭였다.

"쉿, 낑낑! 쉿, 꽁꽁! 엄마는 일을 많이 해서 피곤해. 우리끼리 산책 가자."

재인은 청거북들을 집에서 꺼내주고, 함께 식탁의자 다리 사이로 기어들어갔다.

"숲 속은 참 좋아, 그치?"

재인은 동그란 얼굴에 흡족한 미소를 지었다. 청거북들은 그저 의자 다리 사이를 기어 다녔다.

"나는 너네랑 숲 속을 걷는 게 좋아. 너네도 좋아?"

청거북은 또 그저 기어 다녔다.

"좋다고? 그럴 줄 알았어. 내가 그럴 줄 알았어."

그런 대화를 엿듣다보면, 아무리 피곤해도 해나는 계속 잘

수가 없었다. 그 사랑스러운 꼬마가 해나를 행복하게 해주듯, 해나도 그 꼬마를, 매순간, 조금이라도 더 행복하게 해주고 싶었기 때문이다. 그래서 얼른 산더미 같은 졸음을 털어버리고 식탁 아래 숲 속으로 기어들어가며 외쳤다.

"난 곰이다! 나도 숲 속을 걷는 게 좋다. 맛있는 꼬마랑 걷는 건 더 좋다!"

그러면 재인은 곰에게 깔린 채, 온몸에서 고소한 살내를 풍기며, "아아, 간지러! 간지러!" 딸꾹질이 날 때까지 웃고 또 웃었다.

재인은 영민한 아이이기도 했다. 환경이 아이를 그렇게 만들었다. 어느 날, 재인은 마트에서 사람들을 유심히 관찰하더니, 자신이 장바구니를 들겠다고 우겼다.

"엄마, 여자가 사면 남자가 드는 거야."

"아가, 아직은 무리야."

"나 아가 아니야! 남자야."

재인은 장바구니를 빼앗았다. 무거운 장바구니가 곧장 바닥에 끌렸지만, 포기하지 않았다.

"내가 들 거야. 난 할 수 있어."

얇은 장바구니는 마찰에 못 이겨 금세 구멍이 났다. 주스병이 빠져나와 보도 위를 뒹굴었다.

"재인아! 이것 좀 봐. 그만해."

재인은 그제야 뒤돌아보았다. 발간 얼굴이 일그러지더니 울음을 터뜨렸다. 해나는 재인을 안아주었다.

"괜찮아, 재인아. 엄마를 도와주려고 한 거 잘 알아."

"안 괜찮아! 도와준 거 아니야! 구멍 났어! 엉망진창 됐어! 힘들게 한 거야!"

재인은 서러운 울음을 멈추지 않았다. 해나는 빠져나온 주스병을 재인에게 맡기고, 자신은 찢어진 장바구니를 두 팔로 끌어안았다.

"자 봐, 완벽하지? 주스병이 제일 무거운 건데, 재인이가 정말 크게 도와주는 거야."

둘은 각자의 짐을 안은 채 걸었다.

"거의 다 왔다. 우리 상남자, 팔 아프지 않아?"

"아니."

저녁 바람이 불었다. 다세대주택가 뒷산에서 라일락 향기가 실려 왔다.

"엄마."

"응?"

"나는 한 살씩 먹는 거 싫다. 열 살씩 먹을 거다. 빨리 커서 엄마랑 결혼할 거다. 엄마가 나 돌보는 거 도와줄 거다."

해나는 아이를 내려다보았다. 아이는 해나를 올려다보았다. 자신의 결연한 의지를 보이기 위해 병아리 주둥이 같은 입에 힘을 꽉 준 채로. 그때, 찢어진 장바구니가 허물어지더라도 일단 보도에 내려놓았어야 했다. 그리고 아이를 깊이 안아주어야 했다. 네 말에 엄마는 큰 감동을 받았어, 말해주어야 했다. 그런데 해나는 대신 깔깔 웃어버렸다.

"하하. 그럼 재인이가 둘이어야 하겠네. 어른 재인이랑 아가 재인이랑!"

그리고 뻔한 소리를 했다.

"아들, 엄마랑 아들은 결혼 못하는 거야!"

후회하고 있다. 수많았던 공존의 순간들, 그 모두를 뻔하게 받아들였던 것을, 더 진지하고 감사하게 받아들이지 못했던 것을, 해나는 지금 후회하고, 또 후회하고 있다.

그날 오후에도 해나는 호텔 근처의 카페에 앉아 있었다. 핑크빛 유흥가는 늦잠에서 깨어나 부산해지고 있었다. 카페 밖은 숨 막히게 더웠고 카페 안은 등골까지 추웠다. 긴 생머리 웨이트리스가 해나 앞에 뜨거운 에스프레소를 내려놓았다. 동시에, 카페 출입구에 대고 앙칼지게 소리를 질렀다. 해나는 그쪽으로 고개를 돌렸다. 구두통을 멘 소년이 고집스럽게 들어서려 하고 있었다. 셔츠에는 구멍이 여러 개 뚫려 있었다. 웨이트리스는 하이힐 슬리퍼를 딱딱딱 끌며 문가로 돌진해 소년을 밀쳐냈다. 소년은 튕겨져 나가며 엉덩방아를 찧었다. 그러나 이런 대접쯤 익숙하다는 듯 아무렇지도 않게 털고 일어섰다.

해나는 소년과 눈이 마주쳤다. 소년이 해나를 향해 나무 막대기를 높이 들어올렸다. 막대기에는 칼로 음각한 마디들이

있었다. 하나, 둘, 셋, 넷, 다섯. 다섯 개의 마디마다 흰 물결무늬가 둘러져 있고 점이 찍혔다.

이상한 일이었다. 마디도, 무늬도, 해나에게 난데없이 선명했다. 선명함은 눈을 찌르는 듯 불편했다. 해나는 소년을 외면했다. 몽롱함 속에 머무는 편이 익숙했다. 느릿느릿 나머지 에스프레소를 마셨다. 한참 후 그쪽을 바라보니, 소년은 사라지고 없었다.

호텔에 이르렀을 때, 입구에서 구두통을 멘 그 소년이 다가왔다.

"구두 닦아요!"

해나가 신발을 내려다보았다.

"난 샌들을 신었잖아."

"구두 닦아요!"

"샌들이라니까."

"구두 닦아요!"

해나는 대답 대신 한숨을 쉬었다.

소년이 냉큼 그늘에 접이의자를 폈다. 해나가 앉자마자 소년은 샌들의 폭 좁은 가죽 끈을 솜씨 좋게 문질러 닦았다. 폭염이 익숙한 듯 땀조차 흘리지 않았다.

"몇 살이니?"
"열셋."
"이름이 뭐야?"
"안젤로."
해나는 안젤로가 내려놓은 막대기를 바라보았다. 경찰관의 곤봉을 닮았다.
"이건 뭐니? 호신용?"
"아빠 거예요."
"아빠가 만들어주셨구나."
"아뇨. 내가 아빠를 생각하며 만들었어요."
"멋진데. 아빤 어디 계시니?"
"블루라군."
안젤로가 벌떡 일어나더니, 건너편 담벼락을 가리켰다. 해변 사진이 있었다. 동굴 안으로 보트를 타고 들어가는 관광객들 사진과 스쿠버다이빙을 하는 모습이 담긴 수중 사진도 있었다. 그중 한 문구가 눈에 띄었다.

보리로 당신을 초대합니다

"블루라군이 보리에 있니?"

"네."

"블루라군엔 블루라군*이 있니? 그래서 그렇게 불리는 거니?"

"네. 블루라군엔 블루라군이 있어요."

안젤로는 치아를 온통 드러내며 웃었다. 그때였다. 거리의 열기에도 불구하고, 안젤로의 미소 너머로 보리의 바다가 시원하게 넘실거렸다. 선명한 파란색이었다. 이상한 일이었다. 안젤로를 만난 뒤로, 점점 선명하게 보이는 것들이 생겨났다.

안젤로는 노래처럼 흥얼거렸다. 블루라군엔 블루라군이 있다네. 오, 블루라군이 그립다네. 오오, 아빠가 그립다네.

해나가 돈을 건넸을 때, 안젤로가 물었다.

"아줌마 아이는 언제 와요?"

"뭐……?"

"아줌마 아이 말이에요."

안젤로가 해나의 배낭을 가리켰다.

"매일 여기서 지나가는 사람들을 봐요. 종일 거리에 있다 보면 사람들이 왜 여기 왔는지 금방 알게 돼요. 비즈니스맨은 사

---

* 푸른 석호

람을 만나요. 관광객은 쇼핑을 하고요. 아줌마는 비즈니스맨이 아니에요. 관광객도 아니에요. 아줌마는 이상해요. 오후마다 어린이 배낭을 메고, 어떤 날은 인형도 들고, 그냥 기다려요. 언제 아이가 오나요?"

해나는 얼어붙었다. 아무렇지도 않게 급소를 가격하는 이 영리한 아이를 '꺼져!' 하고 밀쳐버리고 싶었다. 하지만 동시에…… 진한 쌍꺼풀과 동그랗게 말려 올라간 속눈썹, 눈앞의 작은 얼굴은 아름다웠다. 작은 몸이지만 어깨도 다부졌다. 재인도 열세 살이 될 수 있었다면, 꼭 이처럼 영리하고 다부진 아이가 되었을 것만 같다. 살아 있다는 것만으로도 세상의 모든 아이들은 대견한 존재들이다. 해나는 그들의 눈빛 하나, 말 한 마디도 함부로 대할 수가 없었다.

'꺼져' 대신, 그녀는 정직하게 대답했다.

"내 아기는…… 절대…… 오지 않아."

미리 막아볼 틈도 주지 않고, 눈물 한 방울이 또르르 굴러 내렸다. 해나는 빗방울을 닦아내는 와이퍼처럼 재빨리 눈물을 닦아냈다. 다행히 그뿐이었다.

안젤로는 그럴 줄 알았다는 듯 명쾌하게 말했다.

"그럼, 블루라군에 가세요. 가서 아버지께 이걸 전해주세요.

내가 잘 있으니 걱정 말라고, 더 아프지 말라고 말해주세요."

안젤로가 막대기를 해나의 얼굴 앞에 들이밀었다.

"부탁이에요. 아줌마는 그곳을 좋아하게 될 거예요. 난 여기서 기다릴게요. 구두를 닦아야 하니까. 그 대신 막대기를 하나 더 만들고 있을게요. 아줌마를 위한 막대기를."

“이 도시에서 거리의 아이들은 조직폭력배 수하에 있어요. 그런 애들 말을 믿으세요? 아마 안젤로란 아이는 내일쯤 밖에서 당신을 기다리고 있다가 그 곤봉 값을 달라고 할 겁니다. 열 배는 바가지를 씌워서요.”

호텔의 젊은 매니저는 어이없어 했다.

“저도 한국 드라마를 많이 봤어요. 여기서 엄청 인기거든요. 그런데 드라마 속 한국 조직폭력배들과 여기 폭력배들은 차원이 달라요. 한국처럼 치고받고 싸우지 않죠. 총기 소지가 허용된 나라니까요. 게다가 그 총기 관리는 또 얼마나 허술한지. 빵! 그리고 오토바이 타고 두두두두. 끝이에요. 느려터진 경찰은 손도 못 쓰죠.”

마침 로비가 한산했기에 매니저는 컴퓨터로 블루라군을 검색해주었다. 제대로 된 정보가 없었다. 지도에도 존재하지 않았다.

"보리에 있다고 했어요. 거기 가면 찾을 수 있지 않을까요?"

"휴우, 보리를 얕잡아보시는군요. 이걸 읽어보시죠. 보리는 길이만 700킬로미터입니다. 이 긴 섬에 딸린 섬들은 또 몇 개나 될지 생각해보셨어요? 여기 가서 무턱대고 블루라군을 찾을 수는 없어요. 내일 안젤로를 만나서 좀 더 자세한 얘길 들어보세요. 그러고 나서 결정해도 늦지 않을 거예요. 참, 반드시 여기 로비로 데려와서 얘기 나누세요. 말씀 드렸다시피, 돈을 뜯어내기 위해 누군가를 데려올지도 모르니까요. 아시죠? 지금 이곳에는 외국인 납치 사건이 빈번해요."

"걱정은 고맙지만…… 지금 결정하고 싶어요. 어차피 여기서 난 할 일도 없고……."

해나는 하마터면 '내 인생엔 더 나빠질 일도 없어요'라고 말할 뻔했다.

"지금 비행기표를 예약해주세요."

매니저는 고개를 절레절레 젓고는, 잠시 후 티켓을 프린트하여 해나에게 건넸다.

우리가 인생이라는
선반에 올려놓은 것들

출발시간을 두 번이나 미룬 후에야, 게으른 비행기는 보리의 주도에 도착했다. 널찍한 공터에 불과한 공항을 빠져나오자, 택시가 손님을 기다리고 있었다. 오토바이를 개조한 택시들이었다. 해나는 그중 하나에 올라탔다.

"어디로 모실까요?"

큰 광대뼈에 선글라스를 낀 운전사가 물었다.

"블루라군을 아세요?"

"호텔 이름인가요?"

"아니요. 작은 마을 이름일 거예요, 아마……."

해나의 목소리가 기어들어갔다. 운전사는 고개를 갸웃했다.

"이 근방은 아닌 것 같군요. 처음 들어봐요."

해나는 이제 어디로 가야 할지 막막했다.

"그럼…… 적당히…… 한 바퀴 돌아주세요."

운전사는 갑자기 선글라스를 밀어 이마 위에 올리고는 백미러로 해나와 눈을 맞췄다. 그는 대어를 낚은 사람처럼 껄껄 웃었다.

"좋아요, 좋아. 내가 아예 가이드를 해드리리다."

가이드를 하고 말고 할 것도 없는 작고 단순한 소도시였다. 운전사가 소개해주는 것들은 고작 중심가의 관공서, 햄버거 가게, 스포츠 용품점 같은 것들이었다. 그렇지만 운전사는 해나를 내려줄 생각을 하지 않았다. 이 길을 달리고 저 길을 달렸다. 좁은 길에서 넓은 길로, 넓은 길에서 다시 좁은 길로. 길은 반드시 또 다른 길로 연결되어 있었다. 여전히 어디로 가야 할지 알 수 없었으므로, 해나는 그가 하는 대로 내버려두었다.

중심가를 벗어나자 비포장도로였다. 흙길을 따라 구멍가게와 단층집들이 나란했다. 구멍가게의 목재선반은 허름했지만 맥주부터 세제까지 없는 게 없어 보였다. 집들은 판잣집에서 벽돌집까지 다양했다. 어느 집 마당에나 열대지방 특유의 붉거나 노란 꽃들이 만발했다.

볕이 수그러들자 청년들이 축구공을 들고 공터에 하나둘 모여들었다. 집집마다 감미로운 팝송이 창밖으로 흘러나왔다. 맨발의 아이들이 길가에서 그 노래를 따라 부르며 놀았다. 아이들은 해나와 눈이 마주치면 순간적으로 긴장했지만, 택시가 다 지나가기도 전에 안젤로를 닮은 미소를 지으며 손을 흔들어주었다. 어느덧 해나는 저쪽에서 아이들이 다가오면 먼저 손을 흔들었다. 들판에 흩어진 꽃들처럼, 아이들은 어디에나 흩어져 있었다.

비가 내리다 말다를 반복했다. 싱그러운 젖은 흙내가 진동했다. 마당을 가로지른 빨랫줄에 걸린 옷들은 비에 고스란히 젖었다가, 아무렇지도 않게 다시 말랐다.

어둑어둑해졌다. 마침내 선글라스를 낀 운전사가 오토바이를 세웠다.

"호텔을 찾고 있지요?"

그는 한 달 전 공항에서 만났던 택시 운전사가 그랬듯 해나에게 약속했다.

"내가 시내에서 가장 좋은 호텔에 데려다 줄게요."

이번에, 그는 정말로 그렇게 했다. 보리에서 가장 고풍스럽고 아름다운 전통가옥 앞에 해나를 내려놓았던 것이다. 온통

천연자재로 만든 가옥이었다. 공기가 잘 순환되도록 높고 뾰족한 나무천장, 대나무살을 엮어 만든 벽, 기다란 지푸라기로 덮인 지붕. 정원에는 푸른 잔디가 두툼하게 일어섰고 온갖 꽃나무와 풀벌레들이 가득했다. 해나는 그곳에 짐을 풀었다. 그리고 계속 머물렀다. 이번에는 주변에 제법 향기로운 커피를 만드는 카페가 있어서가 아니었다. 온전히 그곳이 좋았기 때문이었다.

숙소의 분위기는 고풍스러웠지만 시설이 노후한 것도 사실이었다. 서양인 투숙객들은 전통가옥을 체험하고 싶어 찾아왔다가도, 막상 시설을 보면 주저하며 물었다.

"온수가 나오나요?"

주인아주머니는 길고 검은 머리를 단정하게 쪽진, 잠시도 앉아 있는 법이 없는 분이었다.

그녀는 현자의 미소를 지으며 대답하곤 했다.

"우리 아시아인들은 조상 대대로 자연과 더불어 살아간다우. 열대기후에서 찬물을 데우는 어리석음은 범하지 않지."

그러면 서양인들은 크게 웃으며 백발백중 체크인 했다.

소도시에서 해나의 일과는 다음과 같았다.

먼저, 날이 밝는 대로 숙소를 빠져나와 걸었다. 해나의 방은 이층침대가 세 개 있는 6인용 도미토리였는데, 추운 북쪽 나라에서 온 마리도 함께 머물고 있었다. 마리는 통통하고, 귀엽고, 착하기까지 한 금발 아가씨였다. 하지만 뜻밖에도 코를 크게 골았다. 해나는 마리의 코골이를 알람 삼아, 이른 아침 산책을 나서곤 했다.

열대의 아침은 언제나 새들의 지저귐으로 시작되었다. 사람들은 더위가 몰려오기 전에 미리미리 움직였기 때문에 이른 시각부터 거리엔 활기가 넘쳤다. 해나는 터미널까지 걸어가 버스 지붕에 짐을 얹는 승객들에게 블루라군을 아느냐고 물었다. 사람들은 고개를 저었다. 그러면 터미널 옆 모닝마켓에서 꽃 한 다발을 사서 숙소로 돌아왔다.

거실에 꽃을 꽂아두면 주인아주머니의 먼 친척인 리아나가 달려와 아는 척을 했다. 주인아주머니의 자녀들은 장성하여 수도로 떠났고, 리아나는 학교에 다니기 위해 작은 섬에서 이곳으로 이주했다.

아주머니는 말했다.

"아무렴, 내가 자식처럼 돌봐주는 거지. 여기선 다 그렇게 한다우. 내가 여덟 아이를 낳아 셋이나 잃었지 뭐유. 나만 그런가. 리아나 엄마도 쌍둥이 두 딸을 낳자마자 잃었지. 어쩌겠수? 죽고 사는 문제는 사람 소관이 아니니. 계절과 같아. 떠나면 미련 없이 보내고, 들어오면 아낌없이 품는 거지."

리아나는 해나가 가져온 꽃 중에 한 송이를 자신의 귀에 꽂고, 또 한 송이를 따서 해나의 귀에 꽂아주었다. 그럴 때 리아나는 매우 천진한 열 살 소녀의 미소를 지었지만, 빗자루를 들고 청소할 때면 앙다문 입술이 어른보다 야무져 보였다.

그러고 나면 아침식사 시간이었다. 숙소에서 주는 아침은 간단했다. 접시에 얇게 편 쌀밥과 그 옆으로 장조림 맛이 나는 고기 세 점, 저민 오이 두 쪽. 통통한 마리는 언제나 이 빈약한 식사를 마치자마자 못 참겠다는 듯 구멍가게로 달려갔다. 리아나는 귀신같이 이 타이밍을 놓치지 않고 거실에서 마리의 비스킷이 도착할 때를 기다렸다.

낮 동안엔 소도시의 이곳저곳을 쏘다녔다. 버스를 타고 가까운 바닷가로 나가보기도 하고, 이 골목 저 골목을 배회하기도 했다. 길을 잃으면 오토바이택시를 타고 숙소로 돌아왔다. 용광로 같은 한낮에 돌아다니는 일은 그 자체로 해나에게 도움이 되었다. 꼭 필요한 생각이 아닌 것들은 뜨거운 물에 녹는 설탕처럼 무더위 속에 녹아 사라져버렸기 때문이다.

저녁에는 마리와 구멍가게에서 맥주를 한 병씩 샀다. 숙소로 느릿느릿 돌아오면서 병을 비웠다. 마을 청년 몇몇이 노란 가로등 아래 모여 기타를 치며 노래했다.

마리는 해나에게 고국에서의 삶에 대해 들려주었다. 안정적으로 숍을 운영하던 패션 디자이너였다는 것, 서른을 맞아 일 년 동안 세계일주를 떠났다는 것, 이곳은 그녀의 첫 도착지라는 것, 그런데 어쩐 일인지 벌써 두 달째 리아나에게 비스킷을 나눠주고 예쁜 옷을 그려주는 일로 소일하고 있다는 것.

해나는 마리에 비하면 말수가 적은 편이었다. 주로 이 나라에 도착한 후의 일에 대해 들려주었다. 도시의 유흥가 풍경이나 안젤로 이야기 같은 것을. 그보다 앞쪽 일은 '감당하기 힘든 일이 있었어'라고만 해두었다. 착하고 예의 바른 마리는 더 이상 캐묻지 않았다.

이것이 소도시에서 해나의 하루였다. 하루에 균일한 선이 그어지는 것을, 해나는 어릴 적 자로 줄을 그을 때처럼 처음부터 끝까지 주의 깊게 지켜보았다. 무난히 줄이 그어지자 안도했다. 다소 주체적이 된 기분도 들었다. 더 이상 몽롱하지 않았다. 거북이 인형을 배낭 밖으로 꺼내지 않아도 견딜 만했다. 수프의 맨 위에 둥둥 뜬 기름이었다가, 수프그릇 바닥에 닿은 묵직한 건더기가 된 것 같았다. 해나는 밤마다 이층침대의 아래 칸에서 마리의 규칙적인 코골이를 자장가 삼아 잠들었다. 그릇의 가장 오목한 바닥까지 발이 닿는 느낌을 더듬노라면, 인형을 끌어안지 않아도 잠은 부드럽게 다가왔다. 광활한 사막 한가운데에 뻣뻣한 막대기가 되어 꽂혔던 느낌도 사라졌다. 막대기는 이제 그녀와 분리되어, 안젤로의 곤봉으로 새롭게 태어나 머리맡에 놓였다.

쨍쨍한 오후, 해나와 마리는 소도시에서 가장 큰 토산품 시장에 들렀다. 시장에는 다양한 공예품들이 있었다. 코코넛 껍질을 길게 이어 만든 발, 하얀 조개껍데기 샹들리에, 꽃이 음각된 나무상자……. 그중에서도 해나의 눈에 띈 건, 단연 재인이가 좋아할 만한 목각배와 나뭇가지 새총이었다.

'엄마, 이거 봐봐.'

'엄마, 이거 사줘.'

'엄마, 일루 와봐.'

'엄마! 엄마! 엄마!'

해나는 두 손으로 귀를 꽉 틀어막았다. 아무리 멀리 도망쳐도, 아무리 새로운 생활 속에서 정연한 일과를 구축해도, 작은 틈만 벌어지면, 아이는 그리로 생생하게 파고든다. 그리고 해나의 귓가에 앉아 조잘댄다. 엄마! 나 아직 여기 있잖아…….

해나는 식은땀을 훔치며 걸었다.

"괜찮아, 해나?"

마리가 걱정스럽게 물었다. 해나는 가까스로 밝은 표정을 지어 보이고 걸음을 재촉했다. 그러다, 우뚝 섰다.

낯익은 곤봉으로 가득 찬 진열대가 놓여 있었다. 수백 개의 엇비슷한 곤봉들. 그 진열대에 안젤로의 곤봉을 찔러 넣으면 누구라도 다시 찾아낼 수 없을 것이다.

곤봉들은 무더기로 해나를 조롱하고 있었다.

'너, 구두닦이 소년의 농담에 이끌려 여기까지 왔다며? 왜 그랬어?'

마리가 걱정스럽게 해나의 얼굴을 살폈다.

"정말 괜찮은 거야? 굉장히 창백해."

해나는 혼잣말처럼 웅얼거렸다.

"…… 몰랐어. 이렇게나…… 안젤로의 곤봉과 비슷한 게 많을 줄……."

황급히 시장을 빠져나왔다. 온몸이 얼음처럼 차가워졌다. 해나는 뒤따라 나온 마리에게 솔직하게 털어놓기로 했다.

"내가 바보 같다는 생각이 들어. 부탁이야. 말해줘. 안젤로

얘기를 들었을 때, 너도 내가 어리석다고 생각했니?"

"무슨 말이야? 그렇지 않아."

마리는 위로의 말을 찾을 때까지, 느릿느릿 해나의 등을 쓸어주었다.

"…… 해나, 저 사람들을 봐. 눈, 코, 입, 비슷하게 생겼지만 이 세상에서 단 하나뿐인 사람들이잖아. 곤봉도 마찬가지야. 비슷해 보이지만, 안젤로가 네게 준 건 이 세상에 단 하나뿐이야. 게다가 안젤로는 저것들을 보고 자랐기에 그 곤봉을 만들 수 있었던 거고. 넌 안젤로의 고향에 가까이 온 거야. 그거야말로 네가 바라던 일 아니니?"

해나는 눈을 감았다.

'…… 네 말이 맞아.'

'…… 어쩌면 나도 알아.'

'…… 그런데 나는 때때로 어디를 향해 가는 건지 몰라서 이렇게 불안하기만 해.'

마리는 성실한 물리치료사처럼 쓰다듬는 손길을 멈추지 않았다. 점차 등 쪽에서부터, 온기가 잔잔히 물결치기 시작했다.

"있잖아, 그 바보 같다는 생각. 사실 그 방면엔 내가 전문가야. 고작 비스킷을 사러 세계일주를 떠나다니. 바보 같다는 생각에 밤마다 잠들 수가 없어. 겉으로는 코를 크게 고는 척하고 있지만."

해나는 그만 웃고 말았다. 빠른 속도로 몸에 온기가 퍼졌다.

그 밤, 해나는 꿈을 꾸었다.

넓고 깊은 동굴 속에 해나가 있었다. 발가벗은 채였다. 동굴 벽에선 횃불이 타올랐다. 널찍한 대리석 테이블이 보였다. 테이블 한쪽엔 둘둘 말린 옷감이 있었다. 매우 고급스러워 보이는 옷감이었다. 해나는 옷감을 펼쳐 옷을 짓기 시작했다. 옷을 지어보는 건 처음이었다. 해나는 땀을 뻘뻘 흘리며 재단하고 바느질했다. 옷은 제법 만족스럽게 만들어졌다. 해나는 뿌듯한 마음으로 새 옷을 입고 동굴을 나섰다.

동굴 밖은 곧장 고층빌딩으로 가득했다. 해나는 인파가 넘치는 거리로 들어섰다. 그러고는 깜짝 놀랐다. 그곳에 있는 사람들 모두 해나와 똑같은 옷을 입고 있는 게 아닌가? 옷감, 디자인, 색상, 모두 똑같았다. 심지어 정성스러운 재단과 꼼꼼한 손바느질까지. 그들 또한 자신들의 옷에 자부심이 대단했다. 고개를 들고 당당하게 거리를 걸었다. 해나는 궁금했다. 기성복도 아닌데 어떻게 이렇게 똑같을 수가 있지?

어리둥절한 채 옆 거리로 들어섰다. 그런데 이번엔 더 놀라고 말았다. 거리의 모든 이들이 실오라기 하나 걸치지 않은 알몸이었다. 해나는 설마 하며 자신의 몸을 살폈다. 이런. 어느새 그녀 역시 동굴 속에서처럼 알몸이었다. 옷은 어디로 사라졌을까? 내 소중한 옷은? 해나는 황급히 두 팔로 몸을 가렸다. 걸음이 엉켜 제대로 나아갈 수조차 없었다. 가까운 건물 안으로 몸을 숨겼다. 숨어서 사람들을 자세히 살펴보았다. 어쩐지 그들에겐 낯익은 데가 있었다. 해나는 소스라치게 놀랐다. 그들은 바로 조금 전, 똑같은 옷을 입고 있던 사람들이었다! 그들은 아무렇지도 않게 걸음을 재촉했다. 태연하게 알몸을 흔들며, 고개를 빳빳이 쳐들며, 옷이 있을 때나 없을 때나 당당하게. 해나 혼자 어찌 할 바를 모를 뿐이었다. 그 사실이 해나를 더욱 곤혹스럽게 했다. 해나는 사람들 눈에 띄지 않는 구석에 웅크리고 앉아서 두 손으로 얼굴을 덮었다.

6인실에 새 가방이 놓였다. 마리와 해나는 가방을 보며 의미심장한 미소를 교환했다. 여행자들은 가방에서 그 주인에 대한 정보를 얻곤 한다. 얼마나 버리고 얼마나 소유하는 사람인지, 먼지투성이 대중교통을 이용하는 사람인지, 냉방장치가 달린 고급버스를 타는 사람인지. 가방은 그 주인이 무엇을 만나고 싶어 하고 무엇을 피하고 싶어 하는지 적나라하게 드러내준다. 새로운 가방은 작고, 낡고, 먼지에 뒤덮여 있었다.

학교를 마친 리아나가 우당탕 뛰어왔다.

"봤어요? 봤어요? 봤어요?"

동시에 나무 복도를 쿵쿵 찍는 소리가 들리더니, 갈색 곱슬머리에 큰 어깨를 지닌 중년남자가 문가에 나타났다.

"안녕!"

남자는 목발을 짚었고, 놀랍게도 두 무릎 아래 다리가 없었다.

"서프라이즈! 다리 없이 여행하는 사람이라니."

남자는 남말 하듯 먼저 말하곤 호탕하게 웃었다.

"얼른 내 소개를 하지 않으면 이 꼬마 숙녀가 기절할 것 같네요. 레오입니다. 네, '레오나르도 다 빈치'의 레오 맞아요. 그 사람처럼 천재는 아니지만, 그 사람처럼 호기심은 많죠."

리아나가 조금의 망설임도 없이 물었다.

"아저씨 다리가 왜 그래요?"

"리아나!!!"

"괜찮아요. 당연히 궁금하겠죠. 다리 없는 여행자는 나도 본 적 없으니까. 아저씨는 사이클 선수였단다. 세상에서 가장 높은 산도 자전거를 타고 넘었고, 가장 넓은 사막도 자전거로 건넜지. 그러다가 아주 추운 곳에서 두 발이 동상에 걸렸어. 병원에 도착했을 땐 잘라내야만 했어."

"윽, 아팠어요?"

"하하. 생각보단 견딜 만했어. 이런, 나만 너무 앞서나갔구나. 네 이름은 뭐니?"

"리아나."

"만나서 반갑다, 리아나."

“저도 반가워요. 마리예요. 이쪽은 해나. 어쩐지 나도 막 앞서나가야 할 것 같은 느낌이…… 음…… 패션 디자이너였고, 세계일주를 한답시고 떠났지만 아직 높은 산이나 사막 근처에도 못 가봤고…… 그러니까 이 말을 꼭 해야겠네요. 당신 정말 멋져요.”

그날 밤 마리와 해나가 숙소로 돌아왔을 때, 레오는 거실에서 영화를 보고 있었다. 마리와 해나도 자연스럽게 곁에 앉았다. TV에서는 눈먼 할아버지가 여주인공에게 책을 읽어달라고 부탁하고 있었다. 여주인공은 망설였다. 그녀의 인생은 책이나 지성과는 거리가 먼 것이었다. 난잡했고 불성실했다. 게다가 그녀는 난독증까지 있었다. 눈먼 할아버지가 몇 차례 용기를 북돋워주고 나서야, 여주인공이 마지못해 더듬더듬 책을 읽기 시작했다.

하나의 기술

잃어버리는 기술을 통달하기란 어렵지 않다;

하도 많은 일들이 상실을 목적으로 삼는 듯하니
그들을 잃는 것은 이미 재난일 수가 없다

매일 무엇인가 잃어라. 방문 열쇠를 잃거나,
시간을 허비한 낭패감을 순순히 받아들여라
잃어버리는 기술을 통달하기란 어렵지 않다

그리하여 더 많이 잃고, 더 빨리 잃는 법을 연습하라:
장소들, 그리고 이름들, 그리고 당신이 여행하려 했던 곳을
이런 어떤 것도 재난을 불러오지는 않는다

나는 어머니의 시계를 잃었다. 그리고 보라! 나는 마지막,
혹은 마지막 바로 전의, 사랑했던 세 집을 잃었다
잃어버리는 기술을 통달하기란 어렵지 않다

나는 두 도시를 잃었다, 아름다운 도시를. 그리고, 더 거대한,
내가 소유했던 세계, 두 개의 강, 대륙을
그것들을 그리워하지만, 그렇다고 그게 재난은 아니었다

— 당신을 잃는 것조차도(농담할 때의 목소리,
내가 사랑하는 제스처) 내 거짓말하지 말았어야 했는데
잃어버리는 기술을 통달하기가 어렵지 않다는 건
분명하다. 비록 그게 (적어두라!) 재난처럼 보일지라도*

해나의 호흡이 거칠어졌다. 잃어버리는 데에 '기술'이 있다고? 그 기술을 '통달'한다고? 게다가 통달하는 게 어렵지 않다고? 상실이 재난이 아니라고? 거친 숨은 점점 분노가 되었다. 침착해. 영화일 뿐이잖아. 해나는 진정하기 위해 애써 숨을 크게 들이마시고 천천히 내쉬었다.

바로 그때, 레오가 화면에 시선을 둔 채로 말했다.

"처음 저 시를 접했을 때, 너무 화가 나서 그만 찢어버렸어요. 도서관에서 빌린 책이었는데. 하하."

해나는 움찔하여 그의 옆얼굴을 쳐다보았다.

"막 목발을 사용하기 시작했을 무렵이었거든요. 단정했죠. 저건 틀림없이 한 번도 제대로 잃어보지 못한 사람이 쓴 헛소

* 『하나의 기술*One Art*』, 엘리자베스 비숍 지음, 『The Complete Poems, 1927~1979』, Farrar, Straus&Giroux, 1983

리야. 그런데 희한하게도 잊을 만하면 한 번씩 저 시가 떠오르는 거예요. 궁금해서 다시 찾아보고 또 욕하고…… 우습게도 몇 번이나 그랬어요. 싫으면 안 보면 그만이었을 텐데, 그러질 못했어요. 아마 당시에 난 뭐라도 닥치는 대로 붙잡고 싸우던 중이었던 것 같아요. …… 한참 후에야 알게 되었죠. 이 시인이 생후 8개월 만에 아버지를 잃었고, 정신병동에 입원한 어머니와는 끝까지 함께 살지 못했다는 걸요. 고아로서 여러 친척집을 전전하면서 행복과 건강을 잃었고…… 지속적으로 어마어마한 상실을 경험한 사람이었어요. 지금은 내가 가장 좋아하는 시가 되었죠."

레오는 아무렇지도 않게 다시 영화로 돌아갔다. 하지만 해나는 더 이상 영화가 눈에 들어오지 않았다.

다음 날 저녁 '맥주 산책'은 레오까지 셋이서 함께하게 되었다. 레오는 종일 인근의 동굴과 섬을 여행하고 돌아왔고, 날이 밝으면 또 짐을 꾸려 먼 섬으로 떠난다고 했다. 세 사람은 청년들이 기타를 연주하는 가로등 근처에 앉았다.

"레오, 그 섬까지는 보트로 가나요?"

마리가 말문을 열었다.

"먼저 버스로 이동한 다음부터는요. 꼬박 하루면 도착할 거예요."

해나는 그가 목발을 짚고 문짝도 제대로 안 닫히는 버스에 올라타는 장면을 상상해보았다. 기우뚱거리는 보트에 승선하는 장면도. 그때 서커스 원숭이의 묘기를 구경하듯 그를 지켜볼 뱃사람들의 노골적인 시선도.

마리가 다시 의례적으로 물었다. 오늘 그녀는 좀 피곤해 보인다.

"거긴 뭐가 있죠?"

"호수와 얼룩말 같은 것들요."

"얼룩말이요? 열대의 섬에?"

"네. 기린들도 있어요. 아프리카에서 데려온 것들이죠. 뭐 꼭 그 동물들 때문에 가는 건 아니지만."

마리는 더 참기 힘들다는 듯 털어놓았다.

"그럼 뭐 때문에 가나요? 당신은 우리 둘 네 다리를 합친 것보다 훨씬 부지런히 움직이고 있어요. 아, 다리 얘기가 무례했다면 용서하세요. 난 당신을 존경해요. 단지……."

"괜찮아요. 무슨 뜻인 줄 알아요."

마리는 안도하며 말을 이었다.

"세계일주를 결심했을 때, 나는 한 가지를 확실히 알고 있었어요. 먹고사는 일이 전부가 아니라는 거. 내가 만든 옷들은 나를 충분히 먹고살게 해주었지만, 인생이라는 선반에는 그것만으로 채워지지 않는 빈자리가 있었어요. 더 늦기 전에 그걸 채워 넣지 않으면, 영원히 선반에 음식만 채워 넣다 끝날 것 같아 두려웠죠. 인생이란 선반이 냉장고가 되어선 안 되잖아요?

나는 그 선반을 냉장고보다는 책장으로 만들고 싶었어요. 두툼하고 다양한 내용을 담은 장서들이 꽂힌 책장이요. 그래서 과감하게 선반에 있던 것들을 처분하고 여기 도착했는데…… 그런데…… 막상 그 빈자리를 무엇으로 어떻게 채워 넣어야 할지 내가 알지 못하고 있는 거예요. 내 선반이 이제 텅 비었다는 것만 확실히 알게 되었죠. 나는 인생에 너무 많은 것을 바라는 욕심쟁이였던 걸까요? 아니면, 그냥…… 바보?"

"워워, 잠깐만요. 그런 단정적인 질문들은 위험합니다. 바보냐, 욕심쟁이냐……. 우리는 모두 조금씩 바보고 조금씩 욕심쟁이인데 말입니다. 하지만 한숨 돌리고 다른 각도에서 생각해보면, 누구나 약간은 현명하고 이타적이기도 하죠."

레오는 사람 좋은 미소를 지었다. 눈꼬리에 주름이 많은 그의 눈은 언제나 반쯤 웃고 있었다.

"아까 그 앞의 질문으로 돌아가봅시다. '뭐 때문에 가나요?'라고 했죠? 나는 그 질문을 수도 없이 스스로에게 던져보았으니까요. 다리가 있을 때, 나는 움직일 때만 생의 감각을 느끼는 사람이었어요. 다리를 잘라낸 뒤, 그래서 나는 죽은 사람 같았죠. 다시 생의 감각을 회복하기 위해서는 다리가 있든 없든 다시 움직이는 수밖에 없었어요. 그러기 위해선 몇 단계를 통과해야만 했죠. 첫째, 내게서 사라진 것이 무엇인지 인정하기. 둘째, 내게 아직 남아 있는 것으로 할 수 있는 일을 찾기. 셋째, 찾은 것 가운데 목표를 정하고, 연습하여 도달하기. 아무리 하잘것없는 목표라도 달성하면 칭찬하고 축하해주었어요. 세계에서 가장 높은 산을 오르던 사람에게 목발을 짚고 편의점에 다녀온 것을 축하해주기란 생각보다 어려웠어요. 아주 겸허해져야 했죠. 선반에 비워진 것을 보는 게 아니라 남겨진 것을 봐야 했어요. 남겨진 것을 활용해 빈 곳을 다시 채워 넣는 꿈을 꿔야 했죠. 솔직히 말하자면, 이마를 바닥에 대고 운 날이 많았습니다. 와중에 알게 되었죠. 너무 큰 상실도 인간을 좌절시킬 수 있지만, 너무 큰 목표도 인간을 좌절시킨다는 걸. 그래서 나는 이제 '다음 섬'까지가 목표입니다. 편의점에 비하면 행복한 목표지요. 거기 도착하면 나를 칭찬해주고 또 축하해줄 거예요. 샴페인 대신 이걸로. 바로 오늘처럼."

레오가 맥주를 들어올렸다.

"자, 더 미지근해지기 전에 우리 들이켭시다. 해나, 당신 나라에선 건배할 때 뭐라고 하나요?"

"위하여."

"그럼, 위하여!"

레오가 단숨에 병을 비웠다. 마리는 곰곰이 생각에 잠긴 얼굴로 한 모금만 마셨다.

"그러니까…… 난 세계일주라는 거대한 목표 앞에서 옴짝달싹못하게 된 거군요. 채워 넣을 자리에 대한 가능성보다, 비워낸 자리에 대한 두려움이 더 크기 때문에."

"자연스러운 겁니다. 먼저 여기 도착한 걸 칭찬해주고 축하하는 의식부터 시작해보죠. 당신은 아주 어려운 첫 단추를 대담하게 잘 끼웠으니까요. 첫 단추부터 두 번째 단추까지 간격이 떨어져 있으면 좀 어때요. 어차피 당신이 애정으로 지어 입는 옷인걸요."

청년들이 기타의 코드를 바꿔 새 곡을 연습하기 시작했다. 노란 가로등 불빛 아래서, 웃통 벗은 그들의 몸은 가녀리면서 강인했다. 마리가 잠시 사라지더니 맥주를 더 사들고 나타났다.

"내 첫 단추를 축하해주세요."

그녀는 해나와 레오에게 차례로 병을 건넸다. 레오가 행복한 얼굴로 "위하여!"를 외쳤다.

조용히 있던 해나가 입을 열었다.

"애정으로 지어 입는 옷에 대해서 나도 하고 싶은 얘기가 있는데요…….”

해나는 꿈 이야기를 꺼냈다. 똑같은 옷을 입은 사람들이 거리에 가득했던 대목에 이르자, 마리가 옷 만드는 사람답게 한숨을 쉬었다.

“휴우, 그건 정말 끔찍하지.”

해나는 나머지 이야기를 들려주었다. 새로운 거리로 접어들자, 발가벗은 채 당당하게 거리를 걷던 사람들.

“…… 나는 숨었어요. 그들처럼 아무렇지도 않게 걸을 수가 없었거든요. 미안해요. 당신 앞에서 잘 못 걷는 이야기라니.”

“오, 제발, 숙녀분들, 나에게 자꾸 미안하다 하지 말아요. 난 어쩌면 이 세상에서 사람이 다리로 걷지 않는다는 걸 가장 잘 아는 사람일지도 몰라요. 우리는, 마음으로 걸어요. 얼마나 많은 사람들이 멀쩡한 두 다리를 쓰지 않고 온종일 TV나 컴퓨터 앞에 머물러 있는지 생각해봤어요? 우리는 다리로 걷지 않고, 마음으로 걷고, 의지로 걸어요.”

“브라보! 난 그 말에 백퍼센트 동의해. 위하여!”

마리는 기분 좋게 취했다. 비닐봉지에서 새로 두 병을 꺼내 레오와 하나씩 나눠가졌다.

“해나, 당신이 인파로 가득한 거리 이야기를 하는 동안, 나는 이상하게도 정반대의 배경이 떠올랐어요. 사막이요. 사람 자체를 찾아볼 수 없는 그곳을 자전거로 횡단할 때의 경험이요. 극과 극은 통한다고 하니, 한번 들어볼래요?"

해나는 무릎을 가지런히 모았다.

"자신의 존재가 얼마나 미미한지 확인하려면, 사막보다 더 적나라한 장소가 없을 거예요. 이곳에서 나는 나보다 작은 강아지도 보고 나보다 훨씬 큰 나무도 보죠. 그래서 내가 절대적으로 크거나 작다는 생각은 하지 않습니다. 하지만 사막에서는 달라요. 시야를 드나드는 비교 대상이 없죠. 광활함과 나의 대면만이 있습니다. 비록 내가 거구의 레슬링 선수라 해도, 사막에 서면 티끌이 되고 말죠. 억만장자라 해도 사막에서는 부질없어져요.

여러 종교가 사막에서 발화한 것도 그래서일 거예요. 사막에서는 누구라도 자신보다 크고 강한 존재를 떠올리고 고개를 조아리게 되니까요. 무한한 힘, 무한한 시간, 무한한 공간에 대해 철학적인 고찰을 하지 않을 수 없는 겁니다. 티끌처럼 작은 인간은 사막에서 고백합니다. 나는 당신을 경외합니다. 나는 당신의 큰 뜻을 결코 이해할 수 없는 존재입니다. 폭풍우가 나의 세간살이를 송두리째 뽑아가도, 사랑하는 이가 갑자기 목

숨을 잃어도, 그래서 당신께 '왜?'라고 묻지 않습니다. 대신 무릎 꿇습니다…….

인간은 **당신**을 서로 다른 종교로 체계화하고 발전시켜왔어요. 끝끝내 인간의 지력으로 이해할 수 없는 삶의 고난들은 그렇게 위로받았고, 인간은 다시 일어설 힘을 얻었죠."

해나는 '왜?'라고 물었던 날들을 생각했다. 교회에서, 성당에서, 절에서, 심지어 점집에서. 당신이 기거할 만한 곳을 샅샅이 찾아서, 해나는 끝까지 '왜?'라고 물었다. 그리고 당신들의 냉담함에 지쳐버렸다.

"결국 같은 경험일지도 모릅니다. 거리를 가득 메운 벌거숭이들 가운데 하나가 되는 것과 광활한 사막에서 티끌이 되는 것. 나의 맨살을, 나의 내면까지도, 객관적으로 보게 되는 거죠. 있는 그대로 볼 수 없다면 벗어날 수도 없어요. 그러니, 너무 속상해 말아요. 넘어져도, 비틀거려도, 끝까지 용감하게 그 거리를 통과하세요."

해나는 고개를 크게 끄덕거렸지만, 여전히 떨치지 못한 말이 있었다.

"하지만…… 하지만 어떤 고통은…… 감히 그것을 벗어나겠다는 발상만으로도 미안해져요."

레오는 해나를 잠시 응시했다. 그리고 정중하게 오른 손바닥을 위로 펴서 한 곳을 가리켰다. 자신의 무릎 아래, 텅 빈 자리를.

"이것이 당신에게 좋은 예가 될지는 모르겠습니다만, 부족한 제가 지닌 예가 이것뿐이로군요. 모든 고통은 절대적인 것으로 시작해 상대적인 것으로 끝을 맺습니다. 그런 의미에서, 변화라는 것 자체가 일말의 부도덕을 안고 있죠. 당신의 고통이 인류 최초의 것이 아니라면, 인류 최후의 것도 아니라면, 아마 당신은 감당할 수 있을 겁니다. 지금의 고통을 흔적 없이 지워버린다는 뜻이 아닙니다. 몸속의 장기처럼 떼어낼 수는 없지만 간직하기 편한 형태로 변모시켜서 함께 살아가게 된다는 뜻입니다. 다만 그렇게 되기까지…… 누구도 중간 과정을 건너뛸 수 없을 뿐이죠."

다음 날 아침, 해나와 마리도 가방을 꾸렸다. 마리는 레오의 이야기에 매혹되어 사막으로 향했다. 해나는 보리를 여행하며 직접 블루라군을 찾아보기로 했다.

그녀들이 간밤에 새로 내린 결정을 들려주었을 때, 레오는 처음 등장했을 때처럼 목발을 짚고 문가에 서 있었다. 그는 조금도 놀라지 않았고, 예의 주름 많은 다갈색 눈으로 미소를 지으며 한마디 했다.

"위하여!"

그들은 뜨거운 이별의 포옹을 나누고 서로의 앞길을 축복했다.

살아서 벌어지는 일은
다 축복이란다

해나는 곤봉이 삐죽 솟아나온 하늘색 가방을 멘 채 주변을 둘러보았다. 매일 아침 몇몇 승객을 붙잡고 블루라군을 아느냐고 물었던, 바로 그 버스 터미널이었다. 오늘도 먼지가 풀풀 인다. 넓은 터에 낡은 버스 십여 대뿐.

해나는 무작정 막 출발하는 버스에 올랐다. 블루라군에 대한 아무 단서도 없이 버스를 타게 되리라곤 짐작조차 해본 적이 없었다. 그러나 생각해보면 얼마 전만 해도 이 소도시에 오게 되리란 짐작조차 해본 적이 없었다. 또 그 얼마 전에는 이 나라에 오게 될지조차 알지 못했다. 해나는 일련의 무질서에 점점 덜 동요했다. 막연히 예상도 하게 되었다. 앞으로 닥쳐올 일들도 이러하리란 것을.

마지막으로 버스에 올라탄 여인이 해나 옆으로 다가왔다. 외국인인 해나 옆자리만 아직 비어 있었기 때문이다. 여인은 커다란 보따리를 머리에 이고 가슴에 젖먹이를 매달았다. 두 어린아이가 그녀의 치마폭을 잡고 뒤따랐다. 해나의 옆자리는 성인 한 명이 앉을 정도의 좌석이었지만, 여인은 용케 아이들과 자신의 엉덩이를 밀어 넣었다. 보따리는 발치에 놓아 두 아이의 발을 받쳤다. 해나는 최대한 창가로 붙어 그들에게 공간을 마련해주었다. 젖먹이는 여인의 품에서 자고 있었다. 두 아이는 해나를 빤히 쳐다보다가, 해나가 사탕을 내밀자 그제야 살포시 웃어주었다.

해나가 여인에게 물었다.

"이 버스는 어디로 가나요?"

"로하스."

"얼마나 걸려요?"

"세 시간."

"좋은 곳인가요?"

"좋아요, 좋고 말고요."

여인은 안젤로의 미소를 지었다. 해나는 일단 로하스까지만 가기로 마음먹었다.

지붕 위에 짐을 싣던 남자들이 내려오고 버스가 요란한 굉음을 내며 출발했다. 차 안에 덩어리째 고여 있던 더운 공기가 바람에 산산이 흩어졌다. 승객들은 기분 좋은 시원함에 몸을 맡겼다. 아이들은 날름 사탕을 다 먹고, 빈 껍질을 입에 넣고 키득거렸다.

아이들의 천진한 웃음소리가 다시 해나의 틈을 벌렸다. 재인이 지금 여기서 저 아이들과 키득댄다면 얼마나 좋을까. 재인도 사탕을 참 좋아했는데. 사탕을 먹을 때면 고 자그만 입에 침이 괴어 말간 옹달샘이 되곤 했지.

해나는 창밖으로 고개를 내밀고 어금니를 꽉 깨물었다. 머리카락이 바람을 타고 하늘 높이 치솟았다.

아이들은 금방 잠들었다. 여인이 해나의 나이를 물었다.

"서른일곱."

해나도 여인의 나이를 물었다.

"스물여섯."

해나는 깜짝 놀랐다. 출산과 노동에 길들여진 탓일까. 그녀는 이미 중년의 얼굴을 지니고 있었기 때문이다. 놀라긴 그녀도 마찬가지인 것 같았다.

“그런데 왜 혼자예요? 빨리 결혼해서 아기 낳아야죠.”

“아기는…… 있었어요.”

“있었어요?”

“…… 사라졌어요.”

“사라져요?”

해나는 하늘을 가리켰다. 마리에게도 털어놓지 못했던 것을, 이렇게 아무렇지도 않게 낯선 이에게 털어놓을 줄 몰랐다. 여인은 가타부타 말없이 두 아이를 해나의 무릎으로 옮겼다. 가슴팍의 아기는 등 뒤로 돌려 업었다. 엎드려 발치의 보따리를 풀기 시작했다. 보따리에서는 먼저 푸성귀가 나왔다. 차 안 가득 초록 향이 퍼졌다. 그녀는 통로에 푸성귀를 쌓고 다시 그 아래를 뒤졌다. 이번에는 양말과 속옷이었다. 그것을 푸성귀 위에 얹고 다시 그 아래를 뒤졌다. 마침내 거대한 보따리의 맨 아래 바닥에서 나온 것은…… 무지개색 떡이었다. 그녀는 등 뒤를 힐끗 보며 말했다.

“무지개떡을 먹는 여자는 예쁜 아기를 많이 낳을 수 있어요.”

그녀는 떡을 해나 얼굴에 들이밀었다. 해나는 그녀의 손을 보았다. 손톱 속까지 흙으로 새카만 손을.

“많이 먹고 많이 낳아요. 아기들은 행복이에요. 그러니 어서

낳고 또 행복해져요. 하늘로 간 녀석도 동생을 만들어주면 좋아할 거예요. 우리 엄마는 열을 낳으셨어요. 절반은 잃으셨지만. 늘 말씀하셨지요. 살아서 벌어지는 일은 다 축복이란다."

여인은 검은 손으로 머리를 긁적거리더니 다시 해나의 입에 떡을 가져다 댔다. 그렇게 누군가 음식을 입에 들이대는 건, 실로 오랜만이었다. 돌아가신 엄마가 입이 짧은 해나에게 무언가를 먹이려 했던 때 이후로. 해나는 자기도 모르게 어미 새가 주는 먹이를 받아먹는 아기 새처럼 커다랗게 입을 벌렸다.

살아서 벌어지는 일은 다 축복이란다.

떡을 씹는 동안, 해나는 그 말도 같이 곱씹었다. 거짓말. 거짓말. 거짓말. 질긴 떡이었다. 목이 메었다. 해나는 자신이 삼키는 것이 떡이 아니라 그 말인 것만 같았다.

운전사가 차를 세우더니 내려버렸다. 휴게소인 모양이었다. 길 건너편에 꽤 널찍한 판잣집 식당이 보였다. 해나는 화장실에 가고 싶었다. 담을 넘듯, 조심조심 잠든 여인과 아이들을 넘어 자리에서 빠져나왔다.

파란 페인트로 쓰인 'WC' 표시를 따라 식당 뒤뜰로 갔다. 뜰 중앙에 거대한 망고나무가 있었다. 원숭이 한 마리가 목에 사슬을 매고 미친 듯이 망고나무를 오르락내리락했다. 날카로운 사슬 소리가 신경을 긁었다. 원숭이는 해나를 향해 누렇고 뾰족한 이를 드러냈다.

해나는 볼일을 본 뒤 우물가에서 손을 씻었다. 원숭이가 그녀를 향해 꺅꺅거렸다. 사슬이 팽팽해지도록 펄쩍펄쩍 뛰었다. 주변엔 아무도 없었다. 해나는 겁이 나서, 대충 손을 닦고

뒷걸음질쳤다. 그러자 원숭이가 분해 죽겠다는 듯 망고를 따다짜고짜 해나에게 던졌다. 해나는 비명을 질렀다.

"고마워요."

해나는 검은 머리를 허리까지 늘어뜨린 아가씨에게 말했다. 그녀는 키득거리며 해나의 이마에 소독약을 발라주고 있었다. 판잣집 식당에서 일하는 아가씨였다. 이마가 욱신거렸다. 기절한 시간은 길지 않았지만, 버스는 이미 떠났다. 아가씨뿐만 아니라, 식당 사람들 모두 해나를 보고 노골적으로 키득거리고 있었다. 이곳에선 누구나 잘 웃는다는 사실이 해나는 처음으로 좀 언짢았다. 원숭이가 던진 망고에 얻어맞고 뻗다니.

대로에서 벗어나 안쪽 숲으로 이어진 길이 보였다.

"저건 어디로 가는 길인가요?"

"그린레프트요."

비포장도로였다.

"그린레프트로 가는 차편도 있나요?"

아가씨가 턱으로 길가에 세워진 시클로를 가리켰다. 수레가 부착된 자전거였다. 늙은 운전사가 수레의 좁은 좌석에 웅케몸을 부리고 잠들어 있었다. 기운을 차리려는 것일까. 해나는 배가 고팠다. 일단 국수부터 한 그릇 먹었다. 세 젓가락 들어올리니 끝났다. 한 그릇 더 먹었다. 시클로 운전사는 꿈쩍도 하지 않았다. 해나가 국수를 천 그릇쯤 먹어도 그 모양 그대로 자고 있을 것 같았다. 울창한 나무 아래, 인적 없는 길 위, 그는 시간이 멈춘 정물화 속의 피사체처럼 존재했다.

"안녕하세요. 그린레프트까지 얼마예요?"

해나가 잠을 깨우자, 운전사가 급히 현실로 돌아와 바가지를 씌웠다.

"그 정도는 내야 해. 비가 와서 길이 엉망이니까."

둘은 적당한 요금으로 타협했다.

운전사가 옳았다. 끔찍한 길이었다. 붉은 흙이 비에 젖어 깊은 고랑과 웅덩이를 만들었다. 운전사가 아무리 힘껏 페달을 밟아도 시클로는 나아가지 않았다. 내려서 밀어도 꿈쩍하지 않았다. 꿀단지에 빠진 파리처럼 몸부림칠 뿐이었다. 어쩔 수 없이 해나도 내렸다. 그제야 시클로가 약간 움직이기 시작했다.

그러나 이번엔 해나가 문제였다. 진흙이 늪처럼 발을 빨아들였기 때문이다. 이러려면 뭣 하러 시클로를 탔지 하는 계산을 해볼 사이도 없었다. 해나는 땀을 뻘뻘 흘리며 발을 빼내다 말고 비명을 지르듯 운전사를 불렀다. 그는 뒤돌아보았으나, 고개를 끄덕할 뿐이었다. 그건 '알고 있어' 같기도 했고 '너도 할 수 있어' 같기도 했다. '어쩌라고?'였는지도 모르겠다. '도와줄게'가 아닌 것만은 분명했다.

운전사는 해나를 외면하고 힘겹게, 힘겹게, 조금씩, 조금씩 전진했다. 해나는 그의 가느다란 종아리에 맺히는 굵은 힘줄을 보았다. 정물화 속 게으른 주인공은 사라지고, 평생 몸으로 밥을 만들어온 치열한 노동자가 거기 있었다. 그 순간 해나가 할 수 있는 일은 한 가지뿐이었다. 그를 좇아, 열심히 발을 내디디는 것.

길은 도무지 끝나지 않았다. 해나의 발은 엉망이 되었다. 찔리고 긁히고 벗겨졌다.

해나가 물었다.

"아직도 멀었나요?"

"금방 가요."

숲에서 커다란 새가 솟구쳐 머리 위로 낮게 날았다. 몇 구비를 더 돌았다. 원피스는 수영복처럼 젖어 들러붙고, 팔은 벌겋게 익어 화끈거렸다.

해나가 또 물었다.

"아직도 멀었나요?"

"금방 가요."

중간중간 포장도로가 나타났다. 그러면 살 만했다. 하지만 포장도로는 번번이 십여 미터를 못 가 끊어졌다. 운전사는 지역 정치인들이 수년째 선거가 있을 때마다 그 길을 포장해준다고 약속하여 당선되었고 당선 후에는 거들떠보지도 않는다고 말했다. 온몸에 힘줄을 불거세운 그는, 그러나 목소리에 아무런 분노의 날을 세우지 않았다. 해나는 이곳 사람들이 너무나 순해서, 어떠한 상황에서도 큰 불만 없이 적응해 살아가기 때문일 거라고 생각했다. 동시에, 어쩌면 자신도 점점 이곳 사람들을 닮아가는지도 모른다고 생각했다. 처음부터 시클로가 소용없었던 길을, 운전사와 가격을 흥정하고, 그러고도 결국 진흙투성이가 되어 말없이 걷고 있으니.

진흙은 진저리나게 해나의 발을 붙들었다. 온 힘을 다해 발을 빼내면 어김없이 다른 발이 붙들렸다. 해나는 두 발도 건사하기 힘든 와중에 시클로까지 밀며 나아가는 늙은 운전사에게 자꾸 눈길이 갔다. 그의 이마에서 솟아난 땀방울은 고랑처럼 깊은 눈가의 주름을 타고 눈 속으로 고스란히 흘러들었다.

그는 두 손을 핸들에 붙들린 채, 땀을 닦지도 못하고 따가운 눈만 끔뻑거렸다. 그는 수레를 끌고 진흙탕을 건너는 한 마리

온순한 소와 같았다. 그 걸음걸음에는 명상적인 요소마저 있었다. 호흡 고르기와 감각 멈추기. 그것을 바라보는 사이, 해나는 '왜 바보같이 이 길을 선택했을까?'라며 자신에게 치밀어올랐던 부아가 가라앉는 것을 느꼈다. 결국은 사라지는 것을 느꼈다. 지역 정치인들처럼, 그런 질문은 생에서 이득을 보려는 자들의 몫이었다. 해나는 운전기사처럼 묵묵히 순정한 몸의 피로를 짊어지고 걸었다. 마음도 점점 묵묵한 평화에 잠겼다.

드디어 그린레프트가 자태를 드러냈다. 해질녘, 언덕 아래, 바다를 배경으로 자리잡은 아담한 마을.

"아……!"

해나는 기진맥진한 몸으로 탄성을 뱉었다. 그런 노을은 처음이었다. 바다와 마을 전체가 화염에 휩싸인 듯했다. 해안가에는 목조배들이 흔들리고 있었다. 마을의 대나무집들은 저마다 밥 짓는 연기를 올려 보냈다. 큰 아이들이, 작은 아이들이, 아장아장 걷는 아기들까지, 노을에 물든 채 몰려다니며 깔깔거렸다.

"아름다워요!"

해나가 감탄하자, 운전사의 얼굴엔 자랑스러움이 어렸다. 그곳이 그의 고향이었던 것이다.

해나는 해변의 방갈로에 묵기로 했다. 방 안엔 침대, 벽거울, 라탄 의자 하나가 있었다. 소박한 방이었지만 문을 열면 곧장 바다가 펼쳐졌다. 엄청난 피로와 허기가 해나를 엄습했다. 욕실에서 대충 흙을 씻어내고는 기다시피해서 숙소의 식당으로 갔다. 숱 많은 머리를 하나로 묶은 여인이 물 한 잔과 메뉴판을 가져왔다. 해나는 익힌 야채와 돼지고기 바비큐를 주문했다.

바다를 향해 사방이 트인 식당이었다. 손님은 그녀 혼자였다. 한참이 지나고 나서야, 주방 쪽에서 고기가 불에 익는 냄새가 퍼지기 시작했다. 종일 엄청난 땀을 흘렸다. 출발 전 먹었던 국수 여섯 젓가락은 진흙탕에서 세 걸음을 옮기기도 전에 소화되어버렸다. 해나는 물 잔을 벌컥벌컥 비운 뒤, 극도의 인내심으로 음식을 기다렸다.

짭조름한 내음을 머금은 바람이 불어왔다. 불어오고 또 불어왔다. 식당 테라스에 한 줄로 꿰어진 대나무 통들이 바람 따라 춤을 추었다. 통 안에 공기를 한껏 머금고 서로 부딪혀 당당당당 통통통통 음악을 연주했다. 식당 천장에는 하얀 조가비 샹들리에가 차륵차륵 제 몸을 쓰다듬었다. 테라스를 타고 올라온 넝쿨이 크고 빨간 꽃을 들이밀었다. 꽃의 샛노란 암술이 대담하게 해나를 응시했다.

불길 같던 노을이 한 겹씩 어둠을 걸쳤다. 빨간 하늘은 자줏빛을 띠다 청남빛으로 변했다. 줄무늬 고양이 한 마리가 우아하게 걸어와 해나의 발치에 앉았다. 가까이 오지도 멀어지지도 않았다. 머지않아 테이블 아래로 떨어질 고기 살점을 고대하며 제 발을 핥았다. 저만치서 한 소녀가 해변을 가로질렀다. 해나는 소녀를 향해 작게 손을 들었다. 소녀가 팔을 높이 쳐들고 크게 흔들었다.

부엌 쪽에서 어린아이의 새된 목소리가 들리더니, 이내 명랑한 노랫소리가 되었다. 큰 바람이 불고 큰 파도가 일었다. 대나무 통들이 부산하게 공명했다. 탕탕탕탕 퉁퉁퉁퉁. 세상에서 가장 단순한 타악기이자 목관악기인 그것은 청명하게, 그러나 방만하게 해나의 노곤한 감각을 어루만졌다.

그때였다. 내내 뜨거웠던 무언가가 해나 안에서 솟구쳐 나왔다. 부드러운 지표를 찾아 헤매던 뜨거운 마그마처럼, 이토록 아름다운 저녁, 감미로운 광경과 소리와 향기에 둘러싸여, 그토록 오래 끓이던 눈물이 뚫고 나왔다.

해나는 눈물을 닦지 않았다. 뚝뚝 떨구며 울었다. 놀이에서 진 아이가, 어쩔 수 없이 놀이의 규칙을 따라야만 하는 때처럼, 주먹을 꽉 쥔 채 울었다. 그러나 이번에는 '왜?'라고 묻지 않았다. 결코 놓아버릴 수 없는 이름을 부르지도 않았다. 오직 울었다.

그녀는 혼자였다. 어둠이 내린 하늘, 모두 집에 가버린 해변, 텅 빈 식당. 천지의 사물이 그녀에게 반드시 홀로 서야 한다고, 극진한 무대를 만들어 제공하고 있었다. 그녀의 가슴을 어루만지며…… 알고 있다고…… 안 되었다고…… 하지만…… 그것은…… 어떤 의도도 없이…… 그냥 그리 되었다고…… 그러니…… 이제 그만 하라고…… 널 떠나간 것을 온전히 보내주라고…… 지금 이 무대에서 네 혼자 힘으로 일어서 보라고…….

마그마가 뚫고 나온 눈이 아렸다. 원숭이에게 얻어맞은 이마가 아렸다. 웅덩이에서 뒹군 발이 아렸다. 저항할 힘은 하나도 없었다. 그녀는 천지가 이끄는 대로 순순히 무대에 올랐다. 실컷 울었다. 몸이 텅 빌 때까지.

점차 눈물과 눈물 사이에 간격이 생겼다. 간격 속에 드러난 공백이 보였다. 알 것 같았다. 다 비워진 것은 필연적으로 다시 채워지게 되어 있다는 것을. 그렇게…… 살아 있는 것들은…… 또 살아진다는 것을…….

해나는 쥐었던 주먹을 폈다. 마지막 눈물을 닦았다. 천지의 사물들이 그제야 숨을 늦추고 조력자의 역할에서 물러났다. 붉은 꽃은 노란 암술을 오므리고 꽃잎을 닫았다. 바다는 바람 한 점 없이 고요해졌다. 술에 취한 청년들이 바닷가를 걸었다. 고양이만 내내 발치에서 꼼짝 않고 그녀를 지켜보았다.

여인이 숱 많은 머리채를 시계추처럼 흔들며 주방에서 걸어 나왔다. 해나는 얼른 얼굴을 두 손으로 문질러 닦았다. 여인이 무심하게 흰 접시를 내려놓았다. 달콤한 간장소스로 익힌 고기와 시금치를 닮은 나물, 흰 쌀밥이 담겨 있었다. 해나는 고양이 앞에 고기 한 조각을 내려주었다. 크게 밥을 떠 입안에 넣었다.

그린레프트에서 하루는 더할 나위 없이 단순했다.

해나는 아침을 먹고 바닷가를 걸었다.
점심을 먹고 방에 들어가 쉬었다.
저녁을 먹고 다시 바닷가를 걸었다.

아침 걷기와 저녁 걷기는 조금 달랐다. 아침에는 남쪽에서 북쪽 해변으로 느릿느릿 걸어, '이디의 스낵바'에서 커피를 마시고 돌아왔다. 이디의 스낵바 주인은 물론 이디였다. 그녀는 남편과 두 아이를 둔 활달한 여성이었다. 그린레프트에서 태어났고, 여행자들을 상대로 커피와 샌드위치를 만들어 팔았다. 마침 그린레프트에는 여행자들이 거의 없었다. (누가 그

진흙탕을 건너 여기까지 오겠는가!) 그래서 더더욱 그녀는 아침마다 같은 시간에 나타나는 해나를 반겼다.

저녁 걷기는 사실상 조깅이었다. 노을이 하늘을 아름답게 물들이기 시작하면, 남북으로 이어진 해안선을 여러 차례 맨발로 뛰어서 왕복했다. 해변에서 모래놀이를 하는 꼬맹이들은 언제나 그 모습이 신기한 듯 눈으로 좇았다.

'저 아줌마 좀 봐. 뛰다니. 이렇게 바쁠 것 하나 없는 세상에서 뛰어 다니다니!'

모래사장엔 개들이 드러누워 있곤 했다. 가끔은 개똥을 밟기도 했다. 뭐, 상관없었다. 파도가 곧바로 발을 씻어주었으니. 사실 개똥보다 피하기 힘든 건 밧줄이었다. 해변의 코코넛 나무 밑동에 배를 묶어놓은 밧줄은, 때때로 배가 파도를 타면 팽팽하게 당겨지며 솟아올랐다. 그러면 해나는 급작스럽게 등장한 장애물을 넘는 선수처럼 점프하고 또 점프하며 달려야 했다. 해변의 아이들은 그 모습을 볼 때마다 배를 잡고 굴렀다. 검은 곱슬머리의 잘생긴 청년도 아이들 틈바구니에서 미소를 짓곤 했다.

해가 뜨거운 낮 시간에는 낮잠을 자거나, 방갈로의 침대에 엎드려 수첩을 펼쳤다.

재인아, 엄마는…….

펜을 잡으면, 언제나 시작은 같았다. 재인에게 쓰는 편지가 되고 말았다. 곁에 아이를 두고 대화하는 것처럼 입으로 소리를 내고 받아 적었다.

재인아, 엄마는…… 미안해. 미안해. 미안해…….

첫 번째 편지는 한 페이지 가득 '미안해'라고 채우고는 아무 말도 쓰지 못한 채 엎드려버렸다. 그리고 저녁 무렵 간신히 몸을 일으켜 미친 사람처럼 바닷가를 뛰었다. 해변의 아이들이 언제나처럼 그녀를 보고 깔깔 웃었다.

두 번째 편지는 제대로 쓰고 싶었다. 일부러 숙소의 식당으로 가 바른 자세로 앉았다.

재인아, 엄마는…… 네가 많이 그리워. 우리 아가, 편안한 곳에 잘 있지? 엄마가 널 꼭 끌어안고 사랑한다고 말하고 싶은데, 그럴 수 없어서 대신 이렇게 편지를 쓰기로 했어.

세 번째, 네 번째…… 편지는 계속되었다. '재인아, 엄마는'이라는 두 단어가 시작부터 자신을 숨 가쁘게 할 때면, 해나는 높은 산을 오를 때처럼 잠시 쉬었다가 다시 시작했다.

재인아, 엄마는…… 이곳에서 길을 걷다가 오래오래 꽃들을 들여다보곤 해. 똑같은 가지에 났어도 똑같은 꽃이 하나도 없다는 게, 그런데도 모두 아름답다는 게 참 놀라워. 엄마가 만나는 사람들도 그 꽃들 같다는 생각을 해. 레오도, 마리도, 리아나도, 무지개떡 아줌마도, 이디도, 저마다 다른데 각기 아름답거든. 엄마는 아직도 침묵할 때가 있고, 뾰족해질 때가 있는데, 그럼에도 사람들이 매번 아름답게 다가와주니 고마울 뿐이야.

해나는 꾸준히 산에 올랐다. 편지가 길어질수록 가빴던 호흡도 조금씩 길어졌다. 편지를 쓰는 동안은 정말로 재인과 이야기를 나누는 기분이 들었다. 편지를 다 쓰고 수첩을 주머니에 넣으면, 재인이 수첩만큼이나 구체적으로 해나 곁에 머물러 있는 것 같았다.

간혹 레오의 목소리가 들렸다.

"모든 고통은 절대적인 것으로 시작해 상대적인 것으로 끝을 맺습니다. 아마 당신은 감당할 수 있을 겁니다. 고통을 흔적 없이 지워버린다는 뜻이 아닙니다. 간직하기 편한 형태로 변모시켜서 함께 살아가게 된다는 뜻입니다."

해나의 편지는 점점 더 잦아졌고 더 길어졌다.

여느 아침처럼, 해나가 이디의 스낵바를 찾았다. 이디는 황급히 책을 덮었다.

"아니야. 마저 읽어. 급할 것도 없는데 뭐."

"급할 거 없긴 나도 마찬가지야. 너라도 부지런히 챙기는 척하지 않으면, 완전 무용지물처럼 보일 지경이라니까. 우하하."

그녀는 언제나 호탕한 웃음으로 마침표를 찍었다. 해나는 그린레프트에서 나고 자랐다는 그녀가 외국 소설책을 즐겨 읽는 것이 신기했다. 그녀가 읽는 대부분의 책들은 여행자들이 남긴 것이었다.

"무용지물이라니? 살림에, 육아에, 스낵바까지 운영하면서."

"그게 다 연막 작전이잖아. 지금 바쁘게 커피를 내리는 척하는 것처럼 말이야. 이곳 애들은 너희 나라에서랑 다르게 커. 밥도 알아서 챙겨 먹고, 알아서 학교 가고, 집에 오면 또 알아서 남은 밥 챙겨 먹고, 알아서 나가 놀다가 숙제만 하고 잔다니까."

그녀에게는 도시의 고등학교에서 기숙사 생활을 하는 아들과 이제 막 초등학교에 입학한 딸이 있다.

"게다가 살림이랄 게 없어. 반찬은 한 가지면 충분하고, 청소는 바람이 하니까. 대나무 집으로 숭숭 들어오는 바람 말이야. 내가 할 일은 기껏해야 빨래 정도인 거지. 스낵바야 알다시피 친구를 낚기 위한 미끼고. 우리 집에서 낚시를 하는 건 어부 남편만이 아니라니까. 우하하."

이디는 해나의 얼굴을 살폈다.

"그런데, 어째 잠을 잘 못 잔 것 같네?"

"응. 이런저런 생각을 하느라……."

이디가 그럴 줄 알았다는 듯 딱, 손가락을 퉁겼다.

"여기 오는 외국인들에겐 공통점이 있어. 뭔 줄 알아?"

해나는 고개를 갸웃했다.

"인터넷이 안 터져서 미치려고 한다는 거."

둘은 같이 웃었다.

"농담이고. 외국인들의 진짜 공통점은 생각이 너무 많다는 거야. 생각도 살과 같아서 다이어트가 필요한 건데. 음식과 생각은 간소할수록 건강에 좋다고 생각해."

"생각의 다이어트? 그 말 마음에 드는데."

"우리 아이들에게도 말하곤 해. 복잡할 것 없다. 복잡한 이유를 대는 사람을 멀리 해라. 핑계를 대는 사람이니까. 해가 지면 달이 뜨는 것처럼 세상만사는 단순하다. 여자는 애를 낳아 키우고, 남자는 땀 흘려 바깥일을 하고, 다 자란 자식들은 새 가정을 꾸리고, 늙은 부모는 죽어 땅으로 돌아가는 법. 정말로 지적인 사람이라면 이 유구한 이치를 따를 줄 알아야 한다, 네 어미처럼. 우하하."

이디의 남편 라울이 아침 낚시를 마치고 돌아왔다. 라울은 깡마르고 선한 얼굴을 지녔다. 해나를 향해 반갑게 고개를 끄덕였지만, 언제나처럼 말은 없었다. 이디는 반갑게 라울의 양동이를 건네받았다. 그리고 '유구한 이치'를 말할 때와 사뭇 다른, 그린레프트에서 가장 소박한 아낙의 얼굴을 하고 양동이 속 물고기를 점검했다.

이디의 스낵바 앞에 트럭이 멈춰 섰다. 이디는 해나에게 "잠깐만"이라 한 뒤, 얼른 뛰어가 백발 할머니가 트럭에서 내리는 것을 도왔다. 할머니는 이디의 초등학교 은사님이라 했다. 딸린 장바구니가 세 개나 있었다.

"고마워, 이디. 곧 영감이 나올 게야."

할머니는 스낵바의 스툴을 마다하고 길가 나무그늘에 앉았다.

"자네는 어디서 왔는가?"

"한국에서 왔어요."

"아, 한국! 놀라운 나라지. 내가 가본 유일한 외국이야. 젊었을 때 이 지역 대표 교사로 선발되어서 일주일 동안 다녀온 적이 있다네. 그땐 우리랑 사는 게 비슷했어. 그런데 지금은 엄청

부자나라가 되었지? 텔레비전에서 볼 때마다 깜짝 놀라곤 하네. 참 부지런한 사람들이야."

할머니는 이디에게 안부를 물었다.

"라울은 어떻게 지내는가? 여전한가?"

하지만 대답 따위 중요치 않다는 듯 먼 곳으로 눈을 돌렸다.

"괜찮아. 정 힘들어지면, 또 나한테 찾아와. 내가 알아듣도록 타이르지. 어디 자네들만 그래? 본디 여자와 남자가 문제가 없다면 그게 새빨간 거짓말이지. 내가 딸 셋 아들 넷을 키웠잖아. 뿐인가. 수많은 아이들이 자라는 것을 보았지. 이 두 종족은 그러니까 시작부터 내내 달라. 그러니까……."

해나와 이디는 옛날이야기를 듣는 손녀들처럼 할머니에게 바싹 당겨 앉았다.

"이 영감이 또 늦을 모양이네. 점점 시간을 못 맞춰."

할머니는 길 저편을 바라보고 고개를 젓더니, 흠흠 목을 가다듬었다.

"그러니까, 여자애들은 말이야, 떠들어. 좋게 말하면 소통하려 하지. 당연히 주변이 어떻게 돌아가는가도 눈치껏 파악하고 있고. 남자애들은 소통 같은 덴 도통 관심 없어. 먹통이지. 주변이 제대로 돌아가든 말든, 관심사는 '오직 누가 힘이 더

센가?'뿐이야. 나이를 먹으면 '누구 고추가 더 큰가?'로 관심이 바뀌지만 말이야."

해나와 이디가 깔깔거렸다.

"성장 과정이 이러하니, 여자들은 어른이 되어서 섬세한 손길이 필요한 일들을 하는 거야. 관계를 부드럽게 정돈하는 역할을 맡고 말이지. 반면, 남자들은 밖에 나가서 힘쓰는 일을 해. 그리고 지나가는 여자에게 연애를 걸지. 그러니까 남자와 여자는 본디 아주 잠깐밖에 만날 수가 없는 존재들인 거야. 그 잠깐이 언제겠어?"

이디가 대답했다.

"남자가 연애를 걸 때."

"그렇지, 역시 자네는 예나 지금이나 내 수제자로군!"

이디가 흡족한 얼굴이 되었다. 할머니는 해나와 눈을 맞췄다.

"결혼은 했는가?"

"아니오."

"자네 나라에선 이혼도 많이 한다지?"

"네."

"쯧쯧. 돈이 많아졌으니. 언제나 돈이 화근이야. 사람살이에 이런저런 장신구를 달아놓으면 눈이 복잡해지거든. 여기 여자들은 이혼 같은 걸 생각하지 않네. 왠 줄 아나? 장신구 따윈 없으니, 뼈대를 볼 수밖에. 남자 말일세. 그들이 수건 한 장도 귀가 딱 맞게 못 개키는 존재들이란 걸 말이지. 이 남자 피해 저 남자한테 간들, 수건은 내가 개켜야 하는 거야. 그린레프트에 사는 할망구들한테 물어봐. 이구동성으로 말할걸. 이혼을 왜 해? 어차피 엇비슷한 놈들인데 왜 피곤하게 만나고 헤어져? 자고로 아무짝에도 쓸모없는 놈팡이만 아니라면, 그냥 줄기차게 사는 거야. 이디, 너는 똑똑하니까 이미 알고 있지? 결혼생활에 너무 많은 걸 기대하면 안 돼. 힘쓸 일이 있으면 남편에게 힘쓰게 해. 힘쓰고 나면 '자기 진짜 힘세다!' 칭찬해주고. 칭찬! 이건 이 단순한 친구들을 지속적으로 움직이게 하는 원동력이지. 그러고는 다시 힘을 비축하도록 잘 먹이고 보살펴줘야 해. 대화의 기쁨을 원한다면, 여자들 무리로 가면 돼."

할아버지가 다가왔다. 똑같이 머리가 희고 주름이 자글자글하지만 걸음걸이가 힘찬 분이었다.

"영감!"

할머니는 반갑게 할아버지를 맞이했다. 할아버지는 멋지게 장바구니 세 개를 들어올렸다. 할머니는 여보란 듯 해나와 이디에게 윙크했다.

언제나처럼, 헤어지기 전 해나가 할머니에게 물었다.

"혹시 블루라군을 아세요? 안젤로라는 아이의 가족이 살고 있어요."

할머니는 일 초도 뜸들이지 않았다.

"몰라. 하지만 곧 찾게 될 테니 걱정 말게. 지금처럼 계속 묻기만 해. 내 칠십 평생 그렇게 살아왔네만, 못 찾은 게 없지."

두 노인이 멀어졌다. 이디가 감탄했다.

"와, 정말이지 언행이 완벽히 일치하는 분이야. 수다는 여자들과 떨고, 힘은 남편에게 쓰게 하고. 아마 지금쯤 '자기 진짜 힘세다!' 칭찬해주고 계실걸?"

관계의 저울이
균형을 찾는 법

자정이 조금 넘은 시각이었다. 방갈로 옆에서 발 끄는 소리가 났다. 해나는 귀를 쫑긋 세웠다. 아홉 시만 되어도 인적이 끊어지는 마을이었다. 누구지? 바람이 거친 하루였다. 하지만 성난 파도와 파도 사이에서도 발소리는 분명한 엇박자로 삐져나오고 있었다. 언제나처럼 전기는 자정을 기해 끊겼다. 사위는 칠흑 같았다. 해나는 머리맡에 있던 안젤로의 곤봉을 그러잡고, 다른 손으로 랜턴을 더듬어 켰다. 발 끄는 소리가 문 앞에서 멈췄다.

"누구야?"

"……"

"누구냐니까!"

"나야. 이디."

이디의 목소리를 닮긴 했다.

“이 시간에?”

“글쎄 말이다. 완전 주책이지. 우하하.”

이디 맞구나. 하지만 지금껏 들어본 우하하 중 가장 작은 소리였다.

문을 열고 랜턴을 들어올렸을 때, 해나는 숨이 멎었다. 거기 참혹한 얼굴이 있었다. 한쪽 눈두덩은 부풀어 둥글었고, 입술은 터져 피가 흐르다 굳었다. 그런데도 이디는 웃고 있었다.

“우하하. 자정 무렵에 이런 호러물이 없지? 괜찮아. 라울이야. 우리 남편. 이건 그 사람에게 익숙한 언어지.”

그 말뜻을 파악하는 데는 좀 시간이 걸렸다.

“뭐……? 나쁜 자식! 가자, 내가 똑같이 만들어줄게!”

해나는 자기도 모르게 안젤로의 곤봉을 쳐들었다.

“우하하. 괜찮다니까. 그나저나…… 이게 바로 그 막대기로구나.”

이디가 곤봉을 잡더니 한참을 손으로 더듬어 살폈다. 곤봉을 살핀다기보다는 그녀 안의 무언가를 다독이고 있는 것 같았다. 잠시 후, 그녀는 가라앉은 목소리로 말했다.

“됐어, 해나. 진짜로. 상황은 종료되었어. 내가 알아. 게다가

난, 둘째라도 잘 잤으면 해. 내일 학교에 가야 하니까. 물수건 좀 갖다줄래?"

해나는 수돗물로 수건을 적셨다. 얼음이 없는 것이 아쉬웠다.

잠시 후, 이디가 힘을 차리고 말했다.

"자, 오래 참았습니다. 궁금하셨죠? 무엇이든 물어보세요. 대답해드리겠습니다. 우하하."

어제까지만 해도 해나는 우하하에 담긴 활력을 곧이곧대로 믿었다.

"네가 하고 싶은 얘기를 해, 이디. 뭐든지. 난 들을게."

그 밤,
이디의 이야기

그린레프트의 모든 남자들처럼, 라울의 아버지도 뱃사람이었어. 발음이 굉장히 어눌해서, 어릴 적부터 놀림을 많이 받았다고 해. 그래서 사춘기 무렵에 스스로 입을 닫아버렸대. 혼자서 조용히 뱃일을 하는 데에는 큰 지장이 없었으니까. 라울은 맏아들이어서 일곱 살 때부터 아버지를 따라 나서야 했어. 조용한 아버지 곁에서 눈으로 바닷일을 배웠지. 그래서인지 그는 언제나 눈으로 소통했어. 워낙 작은 동네라 어렸을 때부터 자주 마주쳤는데, 어떤 장소에서든 라울은 말 대신 눈으로 자신의 존재감을 드러냈어. 그런 모습은 종종 신비로워 보였지.

그의 아버지는 라울이 일을 잘 못하거나 하면 곧장 손을 사용했어. 입을 닫아버렸으니, 손이 편했던 거지. 라울은 갈등 상황에서 언어로 자신을 변호하거나 상대에게 저항하는 법을 배우지 못했어. 유일하게 그가 배운 것은, 한꺼번에 힘으로 분노를 터뜨리는 방식이었지.

라울과 내가 열다섯 살 되던 해에 프랑소와가 왔어. 그는 마을 교회에 자원봉사자로 머물렀어. 청소년들에게 자기 나라의 언어와 기타를 가르쳤지. 자상하고 유머감각이 풍부한 사람이었어. 황금색 곱슬머리에 올리브색 눈. 책을 읽을 때 내리깐 그 긴 황금색 속눈썹은 정말 아름다웠지. 노래도 참 잘했어. 세상의 모든 노래를 가슴에 품고 있다가, 필요에 따라 꺼내기만 하면 되는 사람처럼 노래했지. 나는 그가 가져온 모든 새로운 문화가 좋았어.

많은 아이들이 그를 좋아했지만, 하루도 빠짐없이 프랑소와에게 가는 애들은 셋이었어. 나, 라울, 내 친구 로웨나. 우리는 '프랑소와의 아이들'이라고 불릴 정도였지. 로웨나와 나는 정말 새로운 언어를 열심히 공부했어. 둘이 있을 때도 그 언어로만 얘기하기로 했을 정도니까. 라울은 새 언어를 어려워했어. 워낙 말수가 없었으니까 눈빛으로 적당히 의사소통하곤 했지. 대신 라울은 기타와 노래를 배웠어. 간혹 프랑소와가 없을 땐 동네 남자아이들을 대신 가르칠 수 있을 정도였어.

눈치 챘겠지만, 로웨나와 나는 프랑소와를 좋아했어. 우리는 교회에 가서 청소도 해주고 프랑소와에게 빨래도 해주겠다고 했지. 그는 교회 청소야 괜찮지만, 빨래는 한사코 직접 하겠다고 했어. 그런데 어느 날 로웨나의 집에서 그녀가 프랑소와의 빨래를 하는 걸 보았어. 그제야 알았어. 로웨나가 그즈음 저녁마다 비밀스럽게 사라지던 곳이 어디인지를. 그때 우리는 열일곱 살이 되었고, 프랑소와는 자신의 나라로 돌아갈 준비를 하고 있었어. 마을에 소문이 퍼지기 시작했어. 프랑소와가 로웨나를 데려간다고. 내가 다그치자, 로웨나는 모든 걸 털어놓았어. 소문은 사실이었어.

내가 어떻게 했을 것 같아? 프랑소와의 방갈로를 찾아갔지. 달빛조차 없는 밤이었어. 그는 잠들어 있었어. 나는 옷을 벗고 긴 머리채를 풀어 얼굴을 가렸어. 너도 알다시피 여기 여자들 머리 모양은 다 똑같잖아. 게다가 로웨나와는 체형도 비슷했지. 나는 그의 품을 파고들었어. "로웨나?" 묻길래 고개를 끄덕였지.

프랑소와는 곧 무엇이 잘못되었는지 알았어. 더구나 난 처녀였으니. 다음 날, 그의 방갈로 빨랫줄에 침대 시트가 깨끗하게 빨려서 널려 있는 걸 보았지. 물론 그 빨래만큼은 프랑소와가 직접 했겠지. 그 뒤로도 프랑소와를 몇 번 더 찾아갔어. 로웨나는 절대 모를 거예요. 걱정 말아요. 그러면 프랑소와는 갈등하는 표정을 지었지만, 결국 주변을 살핀 후 나를 들이고 문을 잠갔어. 간절히 바랐어. 그가 말해주기를. 내가 원하는 건 로웨나가 아니야. 너야. 나와 같이 가자. 그러나 소문처럼, 그 둘은 얼마 지나지 않아 사라졌어.

점점 배가 불러오기 시작했어. 나는 온 동네의 놀림감이 되었어. 라울은 변함없이 바닷일을 마치고 교회에 나갔어. 아이들과 기타를 치며 노래를 불렀지. 어느 날 저녁, 라울이 나를 데리러 왔어. 교회에 같이 가자고.

그날 라울은 아이들에게만 노래를 부르게 했어. 자기는 기타만 치더군. 아니, 아예 기타에 고개를 처박다시피했어. 눈으로 말하곤 하던 사람이 그날따라 내겐 눈길조차 주지 않았어. 아이들이 모두 집에 가자, 라울은 그제야 고개를 들고 노래를 하나

불렀어. 러브 미 텐더. 러브 미 트루. 그는 세상의 모든 노래를 가슴에 품고 있다가, 필요에 따라 꺼내기만 하면 되는 사람처럼 노래하지는 않았어. 다만 그 한 곡을 아주 오랫동안 벼리고 벼려서, 음 하나하나를 단단한 조약돌처럼 내 손에 쥐어주듯이 노래했지. 그리고 청혼했어. 뱃속의 아기에게 좋은 아빠가 되어주겠다는 약속과 함께. 마치 영화처럼.

해나, 너도 소설이나 영화를 좋아하니? 난 정말 좋아해. 닥치는 대로 보았어. 그런데 해나, 난 뉴욕이나 파리에 살지 않기 때문에, 소설이나 영화를 보고 나서 이 바닷가 마을, 그러니까 언제나 무료하고 아무것도 변하는 게 없는 여기 앉아 있으면 한 가지를 분명하게 깨닫게 돼. 현실은 허구와 다르다는 걸. 슈퍼맨도 없고 왕자님도 없지. 저 바다 위에 작은 배를 띄우고, 거친 바람이라도 불면 벌벌 떨며 살려달라고 기도할 뿐이야.

로웨나의 남자를 빼앗고 싶었던 나나, 딴 남자가 놀다 버린 여자라도 차지하고 싶었던 라울이나, 우리는 우리가 이 보잘것없는 현실 속 등장인물들이란 걸 알고 있었어. 거대한 파도로부터, 뜨거운 태양으로부터, 우리는 자기 존재의 본분을 잘 파악하도록 길들여졌으니까. 신비는 바로 거기에 있었어. 제아무리 보잘것없다 해도, 일단 내 인생에 주어진 게 그것뿐이면 꽉 끌어안게 된다는 것.

라울과 처음으로 잠자리를 같이 했을 때, 데오도란트를 바르던 프랑소와와는 아주 다른 체취가 났어. 비리고 짭조름했지. 친숙했어. 나는 그 냄새 속에서 태어났고, 그 냄새를 맡으며 자랐고, 그 냄새에서 벗어나려 몸부림쳤지만, 이제 그 냄새를 맡으며 여생을 보낼 거란 걸 알았지. 나는 라울을 꽉 끌어안았어.

라울은 약속을 잘 지켰어. 첫째가 태어나자 좋은 아빠가 되어주었어. 둘째가 태어날 때까지는 십 년이나 기다려야 했지만 인내심을 잃지 않았어. 둘째가 태어나고 나서는 두 아이 모두에게 차별 없이 좋은 아빠 노릇을 했지. 나는 지금도 첫아이를 받아든 라울의 표정을 잊지 못해. 순수하게, 탄생의 기쁨에 감격한 얼굴이었어. 둘째를 받아들었을 때도 잊지 못해. 자신의 축소판에 감격한 얼굴이었지. 라울은 남편으로서도 좋은 사람이야. 평소에는. 그건 부정할 수가 없어. 오늘 밤 일은…… 연중행사 같은 거야.

나는 그가 아빠나 남편으로서 얼마나 애쓰고 있는지 알아. 그래서 그가 뱉을 땐 뱉는 대로 받아. 그에게도 감정을 분출하기 위한 환풍구 같은 게 있어야겠지. 그는 가시를 제대로 뱉는 법을 배운 적도 없는 사람인데, 자기 능력으로 소화시킬 수 없는 가시를 통째로 삼킨 거야. 꿀떡 삼키고 소화시켜버릴 수 있었다면 가장 좋았겠지만, 그런 바람은 소용없어. 영화에서나 있을 법한 이야기니까. 그보다는, 현실에서는, 라울이 삼킬 수 없는 것이라도 삼켜보겠다고 나서준 유일한 사람이라는 걸 잊지 않으려고 해. 라울은 이런 식으로 가시를 조금씩 나눠 뱉고 있는 거라고. 그가 내 한계를 끌어안았듯, 나도 그의 한계를 안고 가는 거야. 하지만…… 믿어. 내가 조금씩 품어주고, 가시를 품은 불편함과 함께 싸워주면, 언젠가는 가시가 다 녹을 거고 더 뱉어낼 게 없어질 거라고. 이 짓을, 조금씩 뜸해지는 정도가 아니라…… 완전히 멈출 거라고. 그 정도의 믿음은…… 그에게 있어. 삼류가 삼류를 이해하는 방식이라고나 할까.

이디는 이야기를 다 마치고 등을 돌려 누웠다. 그리고 천년을 묵혀 놓은 한숨처럼 "프랑소와……" 하고 불렀다.

상실감이란 가슴에 패인 커다란 구멍 같은 것이다, 라고 해나는 생각했다. 사람들은 여러 방식으로 구멍을 덮는다. 어떤 이는 세월이 채우게 내버려둔다. 천천히, 천천히, 바람이 덮고, 비가 덮도록. 어떤 이는 대체물을 찾아 구멍을 메꾼다. 얼른. 이디가 그랬던 것처럼. 하지만 어떤 방식을 택하더라도 결국 시간은 공평하게 걸린다. 세월이 비와 바람의 도움을 받아 구멍 속에 퇴적물을 쌓듯, 이디도 라울과의 마찰 속에서 부수고 쌓는 행위를 지속해야 하기 때문이다.

해나는 가슴에 손을 얹고, 자신의 상실감을 만져본다. 구멍

속에 손을 넣으니, 무언가 들어 있다. 아직 두께를 지닌 퇴적층은 아니다. 그러나 굴 껍질처럼, 얇지만 분명한 방어력을 지닌 무언가가 만져진다. 세상의 조그만 자극에도 피를 흘리던 무방비 상태의 맨살이 아니다.

바람이 더 거세졌다. 누워 있는 두 여자 사이로 침묵이 흘렀다. 파도가 방갈로를 덮칠 듯 쿠궁, 쿵, 몰아쳤다. 해나는 천장에 무의미하게 빛의 동그라미를 그리는 랜턴을 껐다. 완벽한 어둠 속에서 침묵은 더 또렷해졌다. 해나는 이디가 불편해하는 것을 느낄 수 있었다. 방금 전처럼 자신의 모든 걸 드러낸 것이, 해나가 처음일 리 없다. 오늘 같은 밤이면, 친구가 된 여행자의 숙소를, 해나가 오기 전 어느 밤에도, 그전의 또 어느 밤에도, 두드려야 했을 것이다. 그래서 이디의 친구는 외국인 여행자뿐인지도 모른다. 그들은 오래 머물지 않고, 불편함은 그들을 따라 사라질 것이기에.

해나는 관계의 평등함을 찾아야 할 때라는 걸 알았다.

"이디, 나는 일 년 반 전에 아들을 잃었어……."

이디가 벌떡 일어났다.

"혼자 키웠어. 그 아비라는 자는, 임신한 걸 알고 바로 도망쳐버렸지. 라울과 대조적으로."

파도 소리 사이로 새로운 소리가 끼어들었다.

툭.

툭.

투둑.

투두두둑 투두두둑.

순식간에 빗소리가 촘촘해지며 방갈로를 에워쌌다. 지붕과 벽을 쓸어버릴 듯 퍼부어댔다. 천둥이 먼 데서 한 번, 가까운 데서 한 번 하늘을 찢었다. 빠른 속도로 침대가 눅눅해졌다. 파도와 비와 천둥, 이제 해나는 시위대의 군중처럼 소리 높여 이야기해야 했다. 힘주어 이야기할 만큼 준비가 되어 있는가? 해나는 플라스틱 생수병을 열고 물을 마셨다.

그 밤,
해나의 이야기

아이를 잃고서…… 한동안 나는 길을 잃었어. 대형마트에서, 공원에서, 툭하면 길을 잃었어. 재인이와 몸집이 비슷한 아이를 보면, 본능적으로 뒤따라갔거든. 재인이처럼 바가지 머리를 한 아이를 보아도 뒤따라갔어. 몇 시간이고 뒤를 밟아 걸었어. 한 번쯤 그 아이가 뒤돌아 보아주길 바랐어. 그 얼굴이 재인이의 얼굴이길 바랐지.

정말이지, 재인이의 몸집을 한 아이는 많더라. 바가지 머리를 한 아이도 많았어. 시간 가는 줄 모르고 이 아이 저 아이 뒤좇다가, 아이들이 모두 사라져버렸다는 걸 황망히 깨달으면, 깜깜한 자정이었어. 마트 종업원들은 내가 나가주길 기다리고 있었고, 공원의 조명은 다시 어두워졌어.

그러면 어두운 거리의 벤치에 주저앉았어. 어디로 돌아가야 할지 알 수가 없었거든. 재인이가 없는 집은 더 이상 '우리 집'이 아니었어. 세상의 고아가 된 기분이었어. 발이 욱신거렸지. 그렇지만 발을 주물러주거나 하진 않았어. 온 하루를 다 주어도, 또 주어도, 아들을 찾아내지 못한 못난 발을.

한동안은 거짓말을 했어. 재인이는 지금 외삼촌댁에 있다고. 오빠가 조카를 너무 귀여워해서 일주일이나 데리고 있겠다 했다고. 그런 식으로 거짓말을 했어. 일주일이 지나면, 다시 거짓말을 했어. 재인이는 지금 제 아빠와 시간을 보내고 있다고. 생전 처음 아빠와 공놀이하는 재미에 푹 빠져 보름 후에나 온다고. 그 보름 동안은 씩씩하게 장을 보고 밥을 짓고 대청소를 했어. 나는 코딩으로 생계를 꾸렸는데, 그 일도 평소보다 더 많이 했지. 그리고 보름이 되면, 새로운 거짓말을 지어냈어. 이번엔 캠프를 간다고. 무슨 어린이집에서 일주일이나 캠프를 가느냐고 불평 아닌 불평을 하면서.

연장할 수 있는 데까지 시간을 연장했어. 믿고 싶었던 거지. 재인이 어딘가에서, 누군가의 보살핌을 받으며 잘 살고 있다는 거짓말을, 절박하게 믿고 싶었던 거지.

그 효과도 오래 가진 않았어. 그래서 나는 아예 다른 이들의 출연을 차단하고, 오직 아이와 나만 등장하는 세상을 만들어내기 시작했어. 집에 틀어박혀 두문불출하면서, 마치 아이가 살아 있는 것처럼 혼잣말을 하는 거지.

"재인아, 목욕해야지? 얼른 와. 엄마가 물 받아놓았어."

"어때? 뜨겁니?"

"이 장난꾸러기, 엄마한테 물을 튀기면 어떡해?"

아이와 대화하기 시작하니, 정말로 아이가 돌아온 것 같았어. 비정상적인 활력이 솟았어. 아이와 있는 그 시간이 너무 귀하고 아까워서, 잠도 오지 않았지. 밤새워 색종이를 오렸어. 그림을 그리고, 음악을 틀어놓고 율동을 했어.

어느 날…… 우리는 숨바꼭질을 했어. 나는 아이 옷장에 숨었어. 전에도 종종 거기 숨곤 했었거든. 웅크린 채로 아이가 찾으러 올 때를 기다렸어. 사실 몸이 썩 좋지 않았어. 아이가 되돌아온 착각에 빠져서, 일 분 일 초를 아끼며 쉬지 않았으니 몸살이 난 거지. 고열에 오한도 있었어. 나는 옷장 속에 있는 아이의 겨울 코트를 어깨에 걸쳤어. 코트에서는 지난겨울의 냄새가 나는 것 같았어. 눈송이와, 썰매와, 차가운 손을 내 겨드랑이에 파묻던 아이의 머릿내……. 나는 그리운 품에 감싸인 듯 그대로 잠이 들었어. 아주, 오랜만의, 깊고 단, 잠이었어.

정말로 잘 잤던 거 같아. 잠에서 깼을 때, 열이 내렸어. 오한도 사라졌어. 머릿속이 그 어느 때보다 맑았어. 그러자…… 열린 옷장 문 사이로 내가 방바닥에 어질러놓은 색종이 조각들이 보였어. 있지도 않은 아이에게 입혔다 벗겼다 헝클어놓은 옷가지들도 보였어. 한마디로, 지난 며칠간 내가 저지른 미친 짓들이 보였어. 그제야 알았어. 술래가 옷장 문을 열고 나를 찾아내는 일은 영원히 없을 거라는 걸. 내가 옷장 밖으로 걸어 나가야 한다는 걸.

하지만…… 하지만…… 나는 용기가 없었어. 죽어도 재인이가 없는 저 세상으로 걸어 나갈 수 없을 것 같았어. 걸어 나가는 순간, 마치 이제까지는 불확실했던 재인이의 죽음이 확정되기라도 할 것만 같았어. 옷장 안엔 재인이의 태권도 노란 띠가 걸려 있었어. 나는 그 길이와 옷장 속 금속 봉의 높이를 가늠해봤어. 그곳에 허리띠를 매다는 상상을 해봤어. 저거라면…… 가능할지도…… 모르겠다…… 저거라면…….

무심결에 아이 코트 주머니에 손을 넣었어. 뭔가 손끝에 닿았어. 카드였어. 'X-mas'라 프린트된 빨간 카드. 어린이집에서 크리스마스 때 주었던 모양이야. 카드 안엔 재인이 손글씨가 있었어.

내 엄마, 꼭 행복해!

재인이는 그랬어. 어버이날 같은 때 대부분의 아이들이 '엄마 아빠 사랑해'라고 카드에 쓸 때에도, '엄마 행복해'라고 썼어. 어린이집 선생님이 어떨 때 행복하냐고 물으면, 아이들이 '초콜릿 먹을 때요' '놀이공원 갈 때요' '장난감 샀을 때요' 말할 때, 재인이 혼자 '엄마가 웃을 때요'라고 말했지. 그래서 학부모 상담 때 선생님이 나한테 농담을 할 정도였어.

"어머니, 제발 좀 평소에 좀 웃고 다니세요."

옷장 밖으로 나왔어. 아니, 카드가 나를 옷장 밖으로 밀어냈다는 말이 맞을 거야. 다짐했어. 노력해야겠다. 행복해지기 위해서. 재인이가 죽어서까지 내 행복을 걱정하게 해선 안 되겠다. 다른 것도 아니고, 아이 허리띠로 목을 매려 하다니, 너 돌아도 단단히 돌았구나.

처음으로 상담사를 찾아갔어. 그녀는 내 말을 아주 잘 들어주었고, 내가 비교적 쉽게 실천할 수 있는 것들을 권했어. 말하자면, 죽음에서 벗어나 삶으로 다가가기 위한 쉽고도 원초적인 즐거움을 제공하는 일들이었지.

"해나 씨를 위한 쇼핑을 하세요. 티셔츠라도, 슬리퍼라도."

"맛있는 걸 드세요. 길거리 떡볶이도 좋아요. 맛집을 찾아 먼 데까지 가보는 것도 좋고요."

"머리 모양을 바꿔보세요. 눈을 감고, 미용사가 머리를 감겨주는 것을, 지저분한 곳을 손질해주는 것을, 편안히 느껴보세요. 네일 케어도 도움이 될 겁니다."

"가볍게 데이트를 하세요."

"욕조에 몸을 오래 담그거나, 오일 마사지 같은 것으로 몸을 어루만져주세요."

"자위는 더 효과적입니다. 여자들의 자위는 빠르고 간단하니까요."

다짐처럼 잘 해내진 못했어. 그래도, 울다가 웃다가 하는 아이처럼, 뒤죽박죽일지라도 시도는 했어. 여기 오게 된 것도, 뒤죽박죽 하다 길을 낸 셈이야.

앞으로도 갈지자로 걷겠지. 그런데 가끔 정신이 들면…… 한 발자국 정도는 전진해 있는 걸 발견하는 것 같아. 그런 희미한 방향성 같은 걸 느낄 수 있어…….

이디가 손을 내밀었다. 해나가 손을 잡고 일어났다. 노역을 마치고 돌아온 친구를 맞이하듯, 이디가 해나를 안았다. 눅눅한 침대 위에서 둘은 한동안 그대로 있었다. 빗줄기는 여전히 굵었다. 바람도 그대로였다. 실내는 그래서 더욱 아늑하게 느껴졌다. 해나는 집을 떠난 뒤로, 아니, 재인이 떠난 뒤로, 처음 '집'을 느꼈다. 결국 집이란 인간에게 가장 정서적인 공간이었다. 따뜻하고 안온한, 벌거숭이가 된 모습까지 감싸주는 공간.

이디가 입을 열었다.

"그거 알아? 남자들은 싸우면서 잊지 못할 친구가 되고, 여자들은 상처를 위로하면서 잊지 못할 친구가 된다는 거. 나는 오늘 밤을 평생 잊지 못할 거야."

이디가 촉촉한 눈가를 훔치더니, 떨리는 목소리로 물었다.

"우리…… 잘 하고 있는 거겠지?"

해나도 떨리는 목소리로 대답했다.

"응. 아마도. 엉망진창이 되고 보니 알겠어. 인생엔 답이 없다는 거. 답은 정해진 게 아니라, 흙처럼 재료로만 존재하는 것 같아. 두렵지만, 두려워 죽을 것 같지만, 끝까지 헤쳐 나가다보면, 흙이 점차 단단하게 빚어지면서 형체를 지니게 되는 거야. 마지막 지점에서, 그게 나만의 답이란 걸 알게 되겠지."

"내 답은 내가 만드는 거다?"

"응. 그러니 답을 모른다고 해서 절망할 필요는 없는 거야. 타인이 이러쿵저러쿵 던져주는 정답에 미리 주눅들 필요도 없고. 그걸 알고 나서, 나는 방황하는 자신에 대해 책망을 덜 하게 됐어."

"좋아. 그럼 나도 내 선택을 믿고 또 가보는 거야. 당당하게."

우르릉, 천둥이 울렸다. 이디가 씩 웃었다.

"이건 약간 다른 얘긴데…… 아까 그랬지? 여자들의 자위는 빠르고 간단하다고. 이거야 원, 세상 여자들이 다 재미를 보고 있는데 나만 몰랐잖아? 너 가기 전에 꼭 그 기술 좀 전수해주고 가라. 우하하."

관계의 저울이 균형을 되찾았다.

비가 그쳤다. 라울이 찾아왔다. 이른 새벽이었다. 잠든 지 얼마 되지 않았지만, 이디는 예상했던 듯 스르르 일어나 문을 열었다. 해나에게는 이디의 뒷모습 너머로 라울이 보였다. 새벽의 푸른 빛 속에 마른 어깨를 늘어뜨리고 서 있는 남자. 폭력을 행사한 주인공이 아니라, 폭력의 사주를 받았던 희생자처럼 애절한 얼굴이었다. 그의 눈은 깊은 반성 같기도 하고 후회 같기도 한 것을 담았다가 결국 바닥을 향했다. 그가 힘없이 두 손을 내밀었고, 이디가 거기 한 손을 넣었다.

이디는 그대로 라울의 손을 당겨 곁에 앉게 했다. 그리고 차분히 알려주기 시작했다. 어젯밤 얼마나 아팠는지, 얼마나 무섭고 처참했는지, 때릴 때 그가 얼마나 다른 사람이 되는지, 그 돌변한 눈을 보면 얼마나 마음이 얼어붙는지, 오랜 세월 동안 애써 쌓았던 신뢰의 벽돌이 하룻밤 만에 절반쯤 허물어지고, 다시 절반을 쌓기 위해서는 이전보다 몇 배의 시간이 걸려야 하는지…….

이제 라울의 손은 그녀의 두 손 속에 들어가 있었다. 그녀는 라울의 손을 꼭 쥔 채로 말을 이어갔다.

"하지만 아무리 힘들어도 나는 당신을 위해 다시 쌓을 수 있어. 다시 선생님께 다니자. 가서 전처럼 조언을 구하고 실천하려고 애쓰자. 나는 당신을 포기하지 않아. 당신이 조금씩 나아지고 있기 때문에. 그리고 그렇지 않다고 해도, 우리는 이미 잘나고 못난 것을 따지지 않는 가족이기 때문에……."

깜빡 잠들었던 모양이었다. 이디가 해나를 깨웠다.

"해나, 우린 지금 배를 탈 거야. 바다 한가운데서 일출을 보려고. 같이 가자."

해나는 주섬주섬 머리를 올려 묶으며 물었다.

"딸 등교는 누가 도와주고?"

"고모들이 돌봐줄 거야. 이런 날은 꼭 그래."

'이런 날'은, 아이러니하게도, '축제의 날'처럼 들렸다. 그들은 한바탕 씻김굿을 마친 뒤, 홀가분하게 축제를 즐기러 떠나는 연인들처럼 들떠 있었다.

보트가 해안선에서 멀어졌다. 아침의 선선한 바람이 사방에서 밀려들었다. 하루 중 가장 정화된 시간. 밤새 비바람과 파도가 세상을 씻었다. 바야흐로 사람들이 일어나 밥을 짓고, 빨래를 하고, 땅을 갈고, 엔진에 시동을 걸면, 냄새와 먼지가 다시금 세상을 뒤덮을 것이다.

라울이 바다 한가운데에서 보트를 멈췄다. 동쪽 수평선 위, 붉은 구름 사이를 빛의 덩어리가 뚫고 올라왔다. 점점 넓게. 점점 높이. 점진적이고 확고한 운동이었다. 바다는 자신의 광포함쯤이야 태양에 비하면 아무것도 아니라는 듯 다소곳이 태양의 손거울 노릇을 했다.

바다에는 바다의 언어가 있다. 가장 거친 것부터 가장 부드러운 것까지. 라울과 이디에게도 그들만의 언어가 있다. 가장 험한 것부터 가장 고운 것까지. 깊은 바다에 띄워둔 보트 안에서 그들은 키스했다. 라울이 이디의 머리를 가슴에 갖다 댄 뒤 어깨를 꼭 감싸 안았다. 그들은 일출이란 영화를 보러 온 연인들처럼, 표제 자막부터 엔딩 자막까지 하나도 놓치지 않는 영화광들처럼, 일출의 시작과 끝을 지켜보았다.

꽃이 자랄 수 없는
대지는 없어요

어느 아침, 이디가 커피를 내밀며 눈짓했다.

"저 남자 어때?"

남자는 해변에서 배를 손보고 있었다. 벗은 상반신에 검은 곱슬머리를 어깨까지 늘어뜨렸다. 그가 움직일 때마다 복부와 등의 근육이 잔잔하게 물결쳤다. 이곳 사람들 대부분이 검은 머리에 아름다운 근육을 지니고 있지만, 그 남자는 뚜렷하게 낯이 익었다. 저녁 조깅을 할 때마다, 깔깔대는 아이들 틈바구니에서 미소를 보냈던 사람.

"자꾸 너에 대해서 물어. 어디서 왔느냐. 혼자 왔느냐."

남자가 이쪽을 보더니, 손을 높이 흔들었다. 이디가 그에게 이리 오라는 손짓을 했다.

"마디야. 여기 온 지는 십 년쯤 되었어. 우리 마을 3대 미남

중 하나지. 게다가…… 그는 드물게도 시를 읽어."

해나는 땀이 났다. 뜨거운 커피 때문만은 아니었다.

"괜찮아, 해나. 마디는 네게 호감을 느낄 뿐이야. 잠깐 시간을 내주는 것조차 싫다면 그렇다고 말하면 돼."

남자가 가까워지는 동안, 해나는 생각의 다이어트에 처절하게 실패했다. 머릿속에 '남자'라는 단어가 입력되자, 수십 개의 연관 검색어들이 난립했다. 설렘, 참혹함, 부끄러움, 뜨거움, 허무, 가슴 벅참, 거짓말……. 오래전 관 속에 넣어 파묻어 버린 단어들이 한꺼번에 쏟아져 나왔다.

오늘 따라 해변은 왜 이리 가까운 것일까? 마디가 성큼 해나 앞으로 와 섰다. 다행히 그는 그녀에게 말을 시키지 않았다. 대신 해변의 여느 아이처럼 해맑게 미소 지었다. 둘은 그대로 마주 서 있었다.

"아이구, 답답해. 그냥 좀 걸어."

이디가 둘을 해변으로 밀어냈다. 해나와 마디는 어깨를 나란히 하고 걸었다. 그는 조용한 사람이었다. 지나가는 청년들이 부럽고도 짓궂은 목소리로 "헤이!" 아는 체할 때에만, 소리 없이 손을 들었다 내렸다. 그러고 나면 꼭 해나의 얼굴을 살폈다. 간간이 바람이 그의 체취를 전했다. 해초를 닮은 냄새였다.

그들은 해변의 끝까지 걸었다. 끝에서 앉았다. 계속 말은 없었다. 둘 다 먼 바다를 보았다. 아니, 해나는 먼 바다를 보았고, 마디는 먼 바다와 해나를 번갈아 보았다. 해나가 일어섰다. 마디도 따라 일어섰다. 제자리로 되돌아왔다. 젖은 모래가 샌들 안에 한 톨도 흘러들지 않을 만큼, 천천히 디디며 돌아왔다. 그래도 아직 커피가 미지근할 정도의 시간만 흘렀다. 마디는 커피 잔을 집어 해나에게 되돌려주었다. 그리고 물러났다.

"뭐야? 끝이야? 두 촌닭이 친해지려면 오백 년은 걸리겠군, 우하하."

말은 그렇게 했지만, 이디는 그만 하면 잘했다는 듯 해나의 어깨를 툭툭 두드렸다.

이른 아침 해나가 방갈로의 문을 여니, 크고 탐스러운 빨간 꽃 한 송이가 놓여 있었다. 눈이 멀도록 빨간 색이었다. 점심식사를 마치고 돌아오니, 또 한 송이가 놓여 있었다. 저녁에도 똑같은 꽃 한 송이가 방갈로 앞에서 기다렸다.

이디가 해나에게 일러주었다.

"이곳에선 첫 번째 만남은 남자가, 두 번째는 여자가 먼저 다가가야 해. 그렇지 않다면 마음에 없다는 뜻이야."

"꽃은 무슨 뜻이야?"

"꽃은…… 마디가 창의적인 남자란 뜻이지. 우하하."

"그 사람 좋은 사람 같아. 하지만 난 준비가 되어 있지 않아."

"알고 있어. 오백 년은 걸릴 거란 거. 우하하. 하지만 마디는 개의치 않을걸. 그는 느릿느릿 꿈꾸는 사람이거든."

첫 만남 이후, 해나는 여전히 해변에서 마디와 마주쳤다. 물에서 미끄러져 다니다 잠깐 뭍에 올라온 물고기처럼, 그는 매끈한 상반신을 빛내며 파도를 등지고 앉아 있곤 했다. 마디는 해나를 발견하면 팔을 번쩍 들어 흔들었다. 해나는 멀찍이서 무표정하게 손을 들었다 내려놓았다. 그는 실망한 기색도 없이 변함없는 미소를 보냈다. 그의 주변엔 항상 여러 아이들이 있었는데, 그들은 미소가 서로 닮아서 언뜻 가족처럼 보였다.

열세 번째 아침 꽃을 받은 날, 해나는 그것을 집어들고 해변으로 갔다. 아이들에게 마디의 집이 어디냐고 물어보았다. 한 아이가 앞장섰다. 아이는 소박한 대나무집 앞에 이르러 키득거리며 사라졌다. 집은 텅 빈 것 같았다. 해나는 앞뜰에 서서 잠시 망설이다, 방 안을 들여다보았다. 방 안에 놓인 세간은, 놀랍게도, 책 한 무더기가 전부였다. 그 광경은 해나가 여행을 떠나기 전 담요 하나만 남겨두었던 집을 떠오르게 했다. 어쩐지 해나는 가슴 한 귀퉁이가 조금 뜯기는 듯 아팠다.

마디가 수건을 들고 나타났다. 뒤뜰에서 씻고 나오는 모양이었다. 젖은 곱슬머리가 두상에 달라붙은 채 뒷목 아래로 뾰족하게 늘어졌다. 군더더기 없는 몸을 따라 물방울들이 맺히고 흘러내렸다. 마디는 크고 아름다운 까만 눈 안에 희망을 가득 담고 해나를 바라보았다. 해나는 꽃을 그의 발치에 내려놓았다.

"더 이상 이런 걸 가져오지 말아요. 날 좀…… 그냥 내버려 둬요."

점심 꽃은 없었다. 해나는 안도감을 느꼈다. 마디가 꽃을 두었던 자리에 신발을 벗어두고 들어와 누웠다. 사람들이 낮잠에 빠진 고요한 오후, 파도 소리만이 단조로웠다. 해나를 불편하게 했던 연관 검색어들은 파도에 휩쓸려 사라졌다. 모든 것이 제자리를 찾았다.

해나는 평소처럼 수첩을 펼쳤다.

재인아. 엄마는 오늘……

이상한 일이었다. 편지는 다음 말을 찾지 못했다. 모든 것이 제자리를 찾았건만, 낯선 산만함이 거기 있었다.

문 쪽에 인기척이 들렸다. 해나는 벌떡 일어나 문을 열었다. 아무도 없었다. 대신, 새 모양으로 정성스레 접힌 종이가 조약돌에 눌려 있었다. 새를 펼쳤다.

꽃은 자랄 수 있어요.
그 어떤 곳에서라도.

해나는 방 안을 서성였다. 한참 뒤 침대 위에 펼쳐두었던 수첩에서 한 장을 찢어냈다. 짤막하게 끼적이고 마디의 방문 앞에 가져다 놓았다.

뿌리째 잃고 나면 얘기가 달라지죠.

꽃이 자랄 수 없는 대지는 없어요.

게다가, 나는 성실한 정원사입니다.

당신은 나를 알지 못해요.

미안하지만,

함부로 다가오는 사람

신뢰하지 않습니다.

알 기회를 주세요.

그리고 마디는 봉투 하나를 놓아두었다. 해나는 주저하며 열어보았다. 별 모양의 작은 조가비들로 장식된 붉은 카드였다.

초대합니다.

내일 아침 5시,

마디의 보트

P. S.

걱정 말아요. 잠시, 당신의 정처 없는 마음처럼,

떠다닐 겁니다.

해나는 방갈로의 거울 옆에 초대장을 두었다. 거울을 볼 때마다 초대장이 보였다. 침대에 누워 있어도 초대장이 보였다. 어차피 딱히 시선을 끌 만한 물건이 없는 방이었다. 해나는 무엇을 하든지 간에, 결국 발갛게 타오르는 초대장으로 시선을 빼앗기고 말았다. 어차피 초대에 응하진 못할 터이지만, 거절하기에는 너무나 예쁘고 정성스러운 카드라는 걸 부정할 수가 없었다.

저녁부터 엄청난 비가 내렸다. 거센 바람이 불었다. 해나는 비바람이 더 거세지길 바랐다. 그래서 내일 자신이 나가지 못하는 그럴싸한 핑계가 되어주길 바랐다. 동시에, 해나는 비바람이 멈추지 않는 것이 염려되었다. 그래서 마디가 젖은 채 하염없이 자신을 기다릴까 염려되었다.

마디가 감격하여, 기도하는 사람처럼 두 손을 얼굴 앞에 모았다. 해나가 해변을 가로질러 다가올 때까지.

해나가 보트 앞에 서자, 그가 말했다.

"고마워요."

보트 좌석에는 방수 천으로 만든 방석이 준비되어 있었다.

"어머나."

해나는 미소 지었다. 카드와 똑같이 붉은색에 별 모양 조가비들로 장식된 것이었다.

"앉으세요."

"…… 고마워요."

첫 만남에서처럼, 그들은 조용했다. 모터 소리만이 바다를 갈랐다. 해나는 보트 중앙에서 앞을 바라보며 앉았고, 마디는 선미船尾에서 해나의 등을 바라보며 배를 몰았다. 해나가 간혹 뒤돌아보면, 마디는 예의 미소를 보냈다. 천진한 아이의 미소. 그제야 해나도 눈을 감았다. 새벽바람과, 조금씩 조도를 높여 가는 빛을 피부로 느끼며.

보트는 물보라를 일으키며 달렸다. 지구의 70퍼센트가 물임을, 지구는 본질적으로 거대한 수조임을 확인하듯, 가도 가도 끝없는 물을 갈랐다.

그린레프트에서 한참 멀어졌을 때, 마디가 입을 열었다.

"잠시 저쪽에 배를 대도 될까요? 보여주고 싶은 게 있어요."

그토록 작은 섬은 처음이었다. 해변에서 스무 걸음 걸으면 숲에 닿았고, 숲에서 쉰 걸음 걸으면 다시 반대편 해변으로 나올 수 있었다. 마디가 앞장섰다.

"어린 왕자의 별 아시죠? 하루 마흔세 번이나 의자를 옮기면서 노을을 볼 수 있었던 작은 별이요. 이 섬도 의자를 옮기면 서로 다른 대륙이 보일지도 몰라요. 그래서 저는, 이 섬을 어린 왕자의 별이라고 부르죠."

그는 숲 가운데로 해나를 안내했다. 거기, 섬의 규모에 비해 놀랍도록 거대한 나무들이 집을 품고 있었다. 트리하우스였다. 전통가옥 양식 그대로 벽은 대나무살을 엮어 세웠고, 지붕은 높이 올려 지푸라기로 덮었다. 모두 세 채였는데, 완성된 것은 한 채였다. 뜻밖의 풍경에 해나는 넋을 잃었다.

"올라가보세요."

그녀는 사다리를 타고 완성된 집으로 올라갔다. 제법 너른 데크 한 편에 대나무 테이블과 의자가, 다른 편에는 해먹이 걸려 있었다. 방 안에는 잘 정돈된 책상과 침대가 자리했다. 천장에서 캐노피 모기장이 내려와 매트리스를 감싸 안았고, 더 안쪽으로는 샤워기가 달린 화장실이 보였다. 화장실 문은 (또!) 조가비로 장식되었다.

"당신, 조가비를 퍽 좋아하는군요."

그가 멋쩍게 웃었다. 책상의 꽃병에는 마디가 줄기차게 실어 나르던 빨간 꽃이, 다시금 눈이 멀도록 화려하게 꽂혀 창밖의 초록 잎들과 강렬한 보색 대비를 이루었다. 아늑한 집이었다. 사물들은 최소한의 공간에 최대한 규모 있게 자리 잡고서, 최소한의 가짓수로 최대한의 분위기를 연출하고 있었다. 해나는 데크에 서서 미완의 트리하우스 두 채를 바라보았다. 어떤 것은 완성을 앞둔 듯 문과 창문 자리만 비어 있고, 어떤 것은 이제 시작인 듯 골격만 세워져 있었다.

어린 시절 종종 꾸던 꿈속에 들어와 있는 것 같았다. 꿈속에서 사람들은 모두 나무 위에 집을 짓고 살았다. 밤이 찾아오면, 집들마다 불을 밝혀 나무들이 크리스마스트리처럼 반짝거렸다. 해나는 친구들과 다람쥐처럼 나무를 오르내리며 집들을 탐험하곤 했다. 겉보기엔 작은 집들이었지만, 문을 열고 들어서면 무한대의 공간이 펼쳐지는 신기한 집들이었다. 놀이공원도 있고, 낙타의 행렬도 있고, 연어들이 뛰어오르는 강물도 흘렀다. 하나의 집은 하나의 세상이었다.

마디가 설명했다.

"집과 집 사이에는 도르래를 설치할까 해요. 타잔처럼 줄을 타고 이웃집을 방문하는 거죠."

해나는 도르래에 매달린 채, 두 눈을 꽉 감고 비명을 지르며 이웃집에 당도하는 자신의 모습을 상상했다. 이런.

"모두 여덟 채를 지을 거예요. 이 숲에 트리하우스를 감당할 수 있는 큰 나무가 총 여덟 그루거든요. 다 완성되면 사람들이 찾아오겠죠. 평화롭고, 자연친화적인 휴식처가 될 거예요."

마디의 목소리에는 자부심이 담겼다. 이디의 말뜻을 알 것 같았다.

그는 느릿느릿 꿈꾸는 사람이야.

마디가 바빠졌다. 바구니를 밧줄로 묶어 내렸다. 사다리를 타고 내려가 바구니에 아이스박스를 담더니, 다시 사다리를 타고 올라와 밧줄을 당겼다. 아이스박스를 다시 오두막 뒤 부엌으로 옮겼다. 잠시 후, 마디는 코코넛 주스 두 잔을 들고 등장했다.

"오늘 새벽에 직접 딴 코코넛이에요. 드세요."

마디는 정작 자신의 주스엔 손도 대지 않고 부엌으로 사라졌다가, 금방 나타나 테이블 위에 냅킨을 깔고 수저와 포크를 세팅했다. 그러고는 또 부엌으로 사라졌다.

해나는 데크 가장자리에 앉아 공중에 다리를 내리고 흔들었다. 코코넛 주스는 달큰했다. 파도가 철썩거리고, 새들이 배쫑대고, 풀벌레들이 차르륵대는 소리 속으로, 부엌 소리들이 섞여들었다. 잘게 부수고, 두드려 납작하게 만들고, 찰박찰박 물에 씻는 소리. 뒤이어 빠른 속도로 냄새가 섬을 뒤덮었다. 야채가 끓는 물 속에서 익는 냄새, 기름이 달궈진 고소한 냄새…….

드디어, 마디가 작은 볼 두 개와 큰 접시 두 개를 들고 나타

났다.

"자, 이리 오세요. 순서 없이, 그냥 한꺼번에 막 드려요. 그래도 맛은 괜찮을 거예요. 조금씩 연습해두었거든요. 언젠가 이 섬에 올 손님들을 위해서."

작은 볼엔 든 것은 초콜릿빛 그라놀라였다.

"계피, 코코넛 가루, 꿀, 아몬드로 만들었어요."

마디는 그라놀라 위에 코코넛밀크를 부었다. 곁의 큰 접시엔 소스를 끼얹은 두부와 익힌 야채가 담겼다.

"이제 눈치 채셨을 것 같네요. 전 채식주의자예요. 하지만 이 요리의 이름은 제법 기름지답니다. 일명 두부 스테이크."

마디의 얼굴은 땀범벅이었다. 그런데도 행복한 미소를 가득 머금었다. 그것이, 그의 집을 방문했을 때처럼 또 다시, 해나의 마음을 아프게 했다. 해나, 더 늦기 전에 말해.

"……좀 난데없지만……나는 싱글맘이에요."

마디가 어깨를 으쓱했다.

"잘됐네요. 아이들은 트리하우스를 좋아하니까요."

"그런데 내 아들은…… 작년 봄, 죽었어요."

마디의 얼굴이 굳어졌다.

"그리고 난…… 여기서 헤매고 있죠. 정말 미안해요. 지금 이런 말을 꺼내서. 하지만 정성스러운 음식을 보니, 미리 털어 놓고 먹는 편이 옳을 것 같았어요. 그렇지 않으면 체할 것 같아서."

"미안합니다. 눈치 없이 굴어서. 힘든 이야기 꺼내줘서 고마워요."

둘 사이에 어색한 침묵이 기둥처럼 우뚝 섰다. 바야흐로, 그 어떤 화제도 부적절해졌다. 고소한 두부 냄새만 사방에 진동했다. 번번이 마디에게 상황을 헤쳐 나가야 할 짐을 지우는 자신……. 해나는 입술을 깨물었다. 잘했어, 해나. 바보.

그때, 마디가 눈을 동그랗게 하고 물었다.

"역시 좀 난데없겠지만…… 이제 우리, 먹어도 안 체할까요?"

해나는 그만 웃고 말았다. 사람을 날씨로 표현한다면 마디는 '매일매일 맑음'이리라. 어떤 물감도 마디에게 들어가면 파란색이 되었다. 슬픈 색도, 어두운 색도.

'맑음' 씨는 애가 타는 듯, 해나의 포크를 집어 건넸다.

"어서 드세요. 당신, 얼마나 야위었는 줄 알아요?"

훌륭한 음식이었다. 해나는 절로 몸을 곧추세워 음식 쪽으로 당겨 앉았다. 입안의 감각을 알알이 느끼며 씹었다. 결국 설명하기 힘든 강력함에 이끌려 눈을 감아야 했다.

“와, 어떻게 만들었어요?”

“그라놀라는 굽지 않고 건조시켜서 만들었어요.”

“그런 조리 과정 말고, 뭐랄까. 요리사만의 비법이 있을 것 같아요.”

“내가 비밀을 밝혀도 화내진 않을 거죠?”

“그럼요.”

“이야기요. 이 음식을 먹을 사람과 내가 만들어갈 이야기를 상상해요.”

“나와는…… 무슨 상상을 했는데 화내지 않을 거냐고 묻는 거죠?”

마디의 얼굴이 화병 속 꽃처럼 새빨개졌다.

“어린 왕자의 별에선 어울리지 않는 이야기인가 보군요.”

“아, 아뇨. 그, 그 정도까진 아니고, 말하자면, 오래된 동화의 성인 버전인 셈이죠. 아니, 아니, 내가 무슨 소릴, 절대 성인 버전은 아니고, 청소년 버전쯤이랄까요?”

해나는 엄마처럼 자애로운 미소를 지었다.

“마디, 몇 살이에요?”

마디가 목소리를 쫙 깔았다.

"보기보다 많습니다."

"그럴 것 같아요. 그러니 부끄러워하지 말아요. 자꾸 그러면 이런 분위기를 즐겁게 맞춰줄 형편이 못되는 내가 미안해지잖아요. 음…… 다른 이야기를 들려줄래요? 이 별에 집을 짓게 된 이야기를 듣고 싶어요."

그거라면 어렵지 않다는 듯, 맑음 씨가 활짝 웃었다.

어린 왕자의 별에서,
마디의 이야기

내가 살던 공간은 이곳과 정반대였어요. 도심 한가운데의, 아주 높은 빌딩이었죠. 나는 다섯 살 때부터 양복처럼 생긴 유니폼을 입고 검은 리무진을 타고 등하교하기 시작했어요. 교사들은 상냥하게 아이들을 돌봐주었지만, 언제나 빈틈없는 하루 일과를 제시했죠. 내가 행복한 시간은, 집으로 돌아와 유니폼을 벗고, 빈둥거리며 나무블록을 만질 때였어요. 블록을 쌓아서 뭔가 만드는 것도 좋았지만, 만들고 싶은 것을 스케치하거나, 그냥 나무의 결을 만지작거리는 것만으로도 좋았죠.

친척들은 내가 어머니를 닮았다고 했어요. 어머니는 몽상가였고, 바쁜 아버지와의 결혼생활을 행복해하지 않았다고 해요. 두 분은 내가 아주 어릴 때 헤어지셨어요. 아버지는 하루 24시간을 남보다 열 배의 속도로 쪼개 사는 분이었어요. 열 배 일하고 백 배 돈을 버는. 아버지는 저를 볼 때마다 혀를 차셨어요. 아버지에게 최고의 선善은 생산성이었는데, 나는 툭하면 나무토막이나 붙잡고 멍 때리는 게으른 녀석이었으니까요.

일 년에 한 차례씩 방학 때마다 할아버지의 고향에 내려왔어요. 그게 그린레프트였죠. 이곳에만 오면, 나는 마음이 편했어요. 특히나 이 섬이요. 그때부터 나는 이곳을 '어린 왕자의 별'이라 불렀어요. 아버지는 나만큼이나 이 섬을 못마땅해 했어요. 너무 작아서 팔아치우려 해도 사려드는 인간이 없고 뭘 지으려 해도 지을 땅이 없는, 아무짝에도 쓸모라곤 없는 것이 꼭 날 닮았다고.

사업이었다면 미련 없이 접었을 텐데, 하나뿐인 자식인지라 아버지는 나를 포기할 수가 없었던 모양이에요. 생산성을 높이기 위해 전투적으로 밀어붙였죠. 새벽 다섯 시에 나를 깨워 전국가대표 선수에게 수영과 농구를 배우게 했어요. 서로 다른 국적의 외국인 강사들에게 3개 국어를 배우게 했고요. 국립대 교수와 수학올림피아드를 준비시키고, 전문연주가들에게 첼로와

피아노 레슨을 시켰죠. 그런 일정을 소화한다는 건 피곤한 일이기도 했지만, 그보다, 괴로운 일이었어요. 나는 태생적으로 낭비가 싫었거든요. 나라는 그다지 재능도 많지 않고 절실히 원하지도 않는 개인에게, 무슨 세계대전 중의 전략적 요충지인 양 포탄이 집중 투하된다는 게 터무니없게 여겨졌죠.

나는 가끔씩 수업을 빼먹고 학교 뒤 언덕에 올라갔어요. 거기 드러누워서 나이든 나무를 올려다보면 진정제를 삼키는 듯 마음이 편안해졌어요. 나무처럼 꼭 필요한 만큼만 빨아들이고, 세상에 꼭 필요한 것을 내어주는 존재가 되고 싶었어요. 그게 비록 사과 한 쪽일지라도.

생일날이면 아버지는 백화점 스카이라운지에서 저녁을 사주셨어요. 백화점 가는 길은 가장 번화한 상점들이 즐비한 곳이기도 했지만, 그래서 가난한 이들이 더더욱 초라해 보이는 길이기도 했어요. 나이를 먹을수록, 나는 새로 받게 될 선물보다 그 길에서 구걸하는 또래 아이들에게 더 마음을 빼앗겼어요. 나는 주체 못할 만큼 지녀서 쓰러지기 일보 직전이었고, 그들은 지닌 것이 없어서 쓰러지기 직전이었죠. 나눠야만 했어요. 나도, 그들도,

단지 생존하기 위해서.

열세 살 생일이었어요. 정말로 길에서 구걸하는 아이에게 다가가 백화점에 같이 가자고 했어요. 아이는 헐벗고 무기력했죠. 밥을 주냐고 묻더니 순순히 따라나섰어요.

“오늘 나에게 해주실 것을 이 아이에게 해주세요. 그것이 제겐 선물입니다.”

아버지에게 말씀드리자, 얼굴이 일그러지셨어요.

“너는 참…… 사춘기 반항마저 계집애처럼 감상적이로구나.”

그때 아버지의 눈을 잊지 못해요. 외계에서 온 물건의, 도무지 이해할 수 없는 매뉴얼을 읽을 때의 눈빛. 아버지는 식사를 생략하고 일어나면서 테이블 위에 신용카드를 내려놓으셨죠.

“원하는 만큼 베풀어라. 옷이든 음식이든. 그러나 한 가지만 알아두어라. 그건 네가 경멸하는 내 땀이다. 네가 베풀며 살고 싶다면, 너는 곧 그 땀의 의미를 배워야 할 거다.”

그러나 알고 있었어요. 거기에 더 많이 배어든 땀은 제 또래 아이들의 땀이었죠. 아버지의 공장에 간 적이 있었으니까요. 아버지는 내가 그 거대한 규모를 보고 원대한 비전을 키우길 바랐겠지만, 나는 거기 섭씨 40도에 가까운 열기 속에 곱사등이처럼 웅크린 채 일하는 수많은 청소년들을 보았어요. 그곳은 무기 공장과 다름없었어요. 그들은 내게 전투적으로 집중 투하되던 포탄을 만들고 있었던 거죠. 그때, 내가 떠나야 할 세계가 무언지 깨달았어요.

어머니의 연락처를 알아낸 것도 그 무렵이었어요. 우리는 메일을 주고받기 시작했어요. 인터넷 세상의 혜택이었다고나 할까요. 어머니와 오프라인 서신 교환은 검열로 차단되어 있었지만, 온라인상에서 주고받는 소식까지 아버지가 일일이 가로막을 방법은 없었죠. 어머니는 오랜 세월 여행을 하셨더군요. 여기서 지구 반대편, 과일이 많이 생산되는 산지에 정착하셔서 협동농장을 운영하고 계셨어요. 우리는 오랜만에 만난 친구처럼 말이 잘 통했어요. 어머니는 메일 속에서 나의 빈둥거림이 게으름이 아니라고, 단호한 어조로, 일깨워주셨어요.

누구라도 자신의 '결'과 마찰이 많이 일어나는 환경 속에 놓이면, 무기력해지는 법이야. 작은 움직임에도 쓸리고 부딪히는 고통이 느껴지는데, 어린 네가 어떻게 혼자 감당하겠니? 절대로 네 자신을 괴롭히지 마. 잠이 오면 잠을 자고, 꿈이 찾아오면 꿈

을 꾸렴. 외부의 결이 아니라, 네 안의 결을 느껴. 천천히. 제자리인 듯 느려도 괜찮아. 정말 괜찮아. 성과에 조바심 내지 말고, 충분히 더듬고, 냄새 맡고, 혀를 대어보면서, 캄캄한 어둠 속에서도 찾아낼 수 있을 만큼 네 결을 익혀.

다만 한 가지. 조금이라도 너와 결이 닮은 것을 찾아내면, 그것을 반드시 기억해두렴. 환경과 결이 맞지 않는 이들은 언제나 신중한 '관찰자'이자 '채집가'여야 해. 스스로 그 환경을 박차고 나와 '행동가'가 될 때까지, 관찰하고 채집한 것들을 들여다보면서, 단 한 가지를 잊지 말아야 해. 인간은 누구나 우물 안에서 태어나는 숙명을 지녔다는 것. 그러므로 지금 자신이 놓인 그곳이 세상의 전부가 아니라는 것.

나는 점차 스스로를 지지하는 메시지를 찾아낼 줄 알게 되었어요. 책이나 음악, 그림이나 영화, 대안적 삶을 실천하는 운동가에 대한 기사 같은 것들이요. 그런 식으로, 어머니의 응원 속에서 나만의 세계를 채울 수 있는 수집품들을 차곡차곡 채집했어요. 꿈꿨죠. 언젠가, 내가 이 수집품들을 지니고서 유용하게 연대할 수 있는 새로운 환경을.

열아홉 살이 되던 날, 아버지에게 선언했어요. 대학에는 가지 않겠다, 아버지의 사업도 물려받지 않겠다, 할아버지 고향에 가서 살겠다. 아버지는 보란 듯이, 이럴 줄 알고 예비해두었다는 듯이, 곧장 나를 이 섬으로 내쫓았어요. 너무나 황송하게도. 아버지는 내가 폭풍우라도 경험하고 나면 싹싹 빌며 자신이 소유한 것들로 돌아올 줄 알았겠죠. 이 아름다운 별을 두고.

해나, 당신은 천국이 어떻게 생겼다고 생각하나요? 나는 작은 마을의 모양을 하고 있다고 생각해요. 자신이 쓸 만큼만 일구고 저장할 수 있는 집, 함께 모여 이야기하고 춤출 수 있는 광장이 있는 마을이요. 천국은 절대 거창하지 않고 '딱 그만큼'의 소박한 행복이 있는 마을인 거죠. 아버지는 나를 내쫓으며 "어디 한번 지옥처럼 살아봐!" 하셨지만, 아마 모르실 거예요. 그때 내게 안긴 게 천국을 닮았다는 걸.

이 섬은 정말 작지만, 대견하게도 여덟 그루의 거대한 나무를 품고 있어요. 어린 왕자의 장미가 제게는 이 나무들과도 같죠. 생을 함께할 친구처럼 여겨진답니다. 여기 지을 여덟 채의 트리하우스 중에서, 세 채는 입주자가 정해져 있어요. 당신도 아마 해변에서 보았을 거예요. 부모가 없고 학교에 다니지 않는 그런레프트의 아홉 아이들이요. 그냥 내버려두면 도시로 흘러나가 빈민층이 되기 십상인 아이들이죠. 그 아이들을 데려다가 여기서 가르칠 거예요. 저쪽에 약간 더 큰 트리하우스 있죠? 그건 아이들을 위한 학교죠. 지금 이 트리하우스는 제 집이 될 거고, 나머지 세 채는 손님용이에요. 손님들에게는 식비 정도만 받을 거예요. 대신 그들은 여기서 일해야 해요. 하루 서너 시간 정도, 트리하우스를 보수하거나, 코코넛을 따거나, 고기를 잡으러 가야 하죠. 학교에서 아이들을 가르친다면 가장 좋고요. 과학이나 문학을 가르쳐도 좋겠지만, 자신들이 가져온 전통악기나 카메라 사용법, 목걸이 만드는 법 등 무엇이라도 좋아요. 특별한 재주가 없다면, 청소나 빨래를 맡아도 되고요. 물론, 요리사 역할을 놓고는 나와 경쟁을 좀 해야겠죠? 저녁에는 완전히 자유예요. 각자 쉬면서, 노래 공연을 펼쳐도 좋고 무도회를 열어도 좋아요.

기도합니다. 이곳이, 아홉 아이들에게는 안전하게 세상으로 나갈 준비를 하는 곳이 되기를. 그 아이들이 세상으로 나가 또 다른 아이들을 이곳에 보내주기를. 바쁘게 살던 사람들에게는 몸과 마음이 정화되는 장소가 되기를. 그래서 만나고 나누는 나날이 내게 계속되기를. 그런 기도 속에서 매일 조금씩 짓고 있어요.

마디는 시종일관 활기차게 이야기했다. 테이블에 팔꿈치를 올리고서 오늘 새벽 해나가 약속 장소에 나타났을 때처럼 종종 두 손을 얼굴 앞에 모았는데, 해나는 기도하는 듯한 그 자세가 그의 이야기에 더할 나위 없이 잘 어우러진다고 생각했다.

이야기를 마칠 무렵, 햇살은 나뭇잎 사이로 떨어져 그의 몸에 고혹적인 그림자를 일렁이게 했다. 덕분에 위장크림을 바른 보병처럼, 마디는 완벽한 보호색 속에 나무의 일부분으로 흡수되었다.

그는 아침마다 누구보다 부지런히 일어나 물고기를 잡아 내다팔고 나머지 시간을 어린 왕자의 별에서 보낸다고 했다.

"이곳에 도착했을 때, 나는 갓 어른이 되었을 뿐이었어요. 하지만 진단은 선불리 내려져 있었죠. 쓸모없고 게으른 놈으로.

결론적으로, 나는 이곳에서 그 진단이 그릇되었다는 걸 확인할 수 있었어요. 덕분에 내 생에 대해 안도해도 좋았죠. 그건 참 마음에 평화를 가져다주는 발견이었어요."

마디는 트리하우스를 품고 있는 나무껍질을 쓰다듬었다. 정말로 나무를 사랑하는 사람의 손길로.

"펜트하우스에 살면서도, 나는 늘 돌아갈 곳 없이 버려진 사람 같다고 생각했어요."

버려진 사람. 해나는 그 밤들, 자정이 넘은 시간, 마트 앞 벤치에서 아픈 발을 외면하던 밤들을 기억했다.

"어머니와 연락이 닿고서야 조금씩 그 생각에서 벗어날 수 있었죠. 그리고 마침내 진짜 집이 생긴 거예요. 초고속 엘리베이터와 샹들리에 대신, 세상의 모든 바다가 보이는 집이."

그의 어머니는 매년 그린레프트를 방문한다고 했다.

"화분 같은 집이 좋아요. 마음을 심고, 가꾸고, 그 성장을 지켜볼 수 있는 집이요. 해나, 원한다면 언제든 데려올게요. 이곳에 와서 쉬어요. 이곳이 당신에게도 화분 같은 곳이 되어준다면 나는 정말 기쁠 거예요."

이제 햇살은 각도를 바꾸어 해나의 정수리를 비추었다. 마디가 눈을 가늘게 뜨며 물었다.

"여기, 마음에 드나요?"

"네."

그는 칭찬받은 아이처럼 환하게 미소 지었다.

"다시, 와줄 건가요?"

"네."

"청소년 버전까지는 희망을 걸어도 될까요?"

해나는 다만 부드럽게 미소 지었다. 둘은 시간 가는 줄 모르고 한참 더 이야기를 나눴다.

다음 날부터 비바람이 몰아쳤다. 숙소의 관리자는 '난폭한 우기'가 시작되었다고 했다. 침대에 누우면 마치 젖은 수건을 깔고 누운 듯했다. 문은 쉴 새 없이 덜컹거렸다. 하루에 몇 번씩 비질을 해도, 바닥에는 문틈으로 날아든 모래가 얇게 깔렸다. 덕분에 침대는 젖은 수건에서, 모래가 뿌려진 젖은 수건이 되곤 했다. 오감의 불쾌지수가 하늘까지 치솟았다. 지루한 시간이 발을 질질 끌며 느릿느릿 지나갔다.

사흘째 되던 날 아침, 비가 멈췄다. 기다렸다는 듯, 누군가 문을 두드렸다. 마디였다.

"보고 싶었어요. 너무 보고 싶어서, 나도 깜짝 놀랐죠."

마디는 정말로 놀란 토끼의 얼굴을 하고 있었다. 해나는 픕,

웃고 말았다.

"이런."

그가 해나의 샌들을 들어올렸다. 지독한 비바람에 스테인리스 버클마저 녹슬어버렸다.

"몹쓸 날씨 같으니라고. 우리 잠시 어린 왕자의 별로 도망쳐요. 저녁엔 다시 비가 올 거예요."

"그래요. 마침 답답하던 차였어요."

해나는 간단히 가방을 챙겼다.

흰 모래바닥과 산호가 들여다보이는 얕은 바다를 지났다. 속을 알 수 없이 깊은 바다를 달렸다. 크고 작은 섬들이 다가왔다 멀어졌다.

"어!"

마디가 갑자기 심각해졌다.

"릭에게 무슨 일이 생긴 것 같아요. 가봐야겠어요."

보트가 북쪽의 작은 섬으로 방향을 틀었다.

"노란 깃발 보이죠? 위급한 상황이란 뜻이에요."

보트는 점점 속도를 높였다. 길쭉한 섬이었다. 짤막한 해변만 모래사장을 끼고 있을 뿐, 나머지는 온통 바위와 빽빽한 정글이었다. 모래사장 가운데에는 거대한 무화과나무가, 그 그늘 아래에는 육각형 정자와 큼직한 방갈로 한 채가 바다를 향해 있었다. 방갈로 앞 깃대에서 노란 깃발이 필사적으로 펄럭였다.

"릭은 섬의 관리자예요. 섬 주인은 일 년에 한 달 정도만 머물러서 릭 가족은 대부분의 시간을 외따로 보내죠. 아내와 세 아이, 아니, 두 아이들과 살고 있어요. 그러고 보니, 죽은 릭의 첫째 아들도 이름이 안젤로였네요. 총명하고 씩씩한 아이였는데…… 사고였죠."

보트 소리가 가까워지자, 어린아이 둘이 기다렸다는 듯 해변으로 뛰어 나왔다. 열 살쯤 되어 보이는 마른 남자아이와 막 아기 테를 벗은 통통한 여자아이였다. 남자아이가 익숙하게 뱃머리 쪽으로 다가와 마디가 닻을 내리는 것을 도우며 빠르게 뭐라 말했다.

"해나, 여기서 기다려요!"

마디는 남자아이와 곧장 정자 뒤편으로 사라졌다. 해나는 그제야 거기 판잣집 한 채가 무화과나무에 가려져 있다는 걸 깨달았다. 릭 가족의 공간인 모양이었다.

해나는 어리둥절한 채로 주변을 둘러보았다. 육각형 정자는 무화과나무 그늘에 파묻혀 시원했다. 정자의 나무 선반에는 목공예품들이 전시되어 있다. 중앙에는 파란색 면 테이블보가 씌워진 8인용 식탁이 있고, 여덟 개의 의자에는 파란색 쿠션이 하나씩 놓여 있다. 간밤에 비바람이 흐트러뜨린 흔적을 감안한다면, 릭 부부는 평소 주인이 막 차를 마시고 일어난 듯 주인 없는 공간을 돌보는 사람들이라는 걸 알 수 있었다.

해나는 자신을 뚫어져라 바라보는 여자아이에게 다가갔다.

"몇 살이야?"

아이가 손가락을 네 개 폈다.

"이름이 뭐야?"

"소피아."

아이의 머리칼이 예쁜 눈을 찌른다. 해나는 머리에 묶고 있던 고무줄을 풀어 보여주었다.

"이걸로 머리 예쁘게 해줄까?"

소피아는 대답 대신 쳐다보기만 했다. 하지만 해나가 자신을 무릎에 앉히고 머리를 손질하도록 내버려두었다.

"다 됐어."

소피아는 정자의 거울로 달려가 동그랗게 완성된 올림머리를 비춰 보더니 배시시 웃었다.

그때, 마디가 등에 한 남자를 업고 뛰어나왔다.

"어서 닻을 올려!"

사내아이가 냉큼 보트에 올라 지시를 따랐다. 상황은 정신없이 진행되었다. 릭은 평소 심장이 좋지 않았는데 간밤에 쓰러져 내내 의식이 없었다고 했다. 릭의 아내는 어떻게든 연락을 취하려고 애썼지만, 날씨 때문에 밤새 전화기가 무용지물이었다고 했다. 물론 연락이 되었다 한들 누군가 배를 띄울 상황은 아니었으리라. 마디가 릭을 보트에 눕혔고, 사내아이는 얼른 뛰어내려, 작은 몸에서 나오는 힘이라고는 믿어지지 않는 힘으로 보트를 밀었다. 그들은 육로를 통하지 않고 곧장 로하스의 큰 병원까지 갈 거라고 했다. 그 편이 빠를 거라면서.

해나는 남아서 아이들을 돌보기로 했다.

"해나, 괜찮겠어요?"

"네, 걱정 말고 어서 가봐요!"

마디의 보트가 해안에서 멀어졌다. 릭의 아내는 미처 아이들에게 작별인사도 하지 못한 채 릭의 손을 잡고 울기만 했다.

"최대한 빨리 올게요! 좀 시간이 걸릴지도 몰라요!"

그것이 마디가 남긴 마지막 말이었다.

세상의 모든 시간을 만나다

보트가 시야에서 사라지자, 소피아가 훌쩍거리기 시작했다.

"괜찮아, 소피아. 아빠는 곧 좋아지실 거야."

소용없었다. 소피아는 더 크게 울었다. 문득, 해나에게 좋은 생각이 떠올랐다. 어깨에 메고 있던 가방에서 거북이 인형을 꺼냈다. 소피아는 울음을 뚝 그치고 인형을 끌어안았다. 해나는 사내아이 쪽으로 몸을 돌렸다.

"난 해나야. 그냥 이모라고 불러도 돼. 넌 이름이 뭐니?"

"제이."

'재인'과 흡사한 발음이어서, 해나는 어쩔 수 없이 잠시 침묵했다.

"몇 살?"

"열 살."

"그런데 배를 참 잘 다루는구나."

제이는 칭찬에도 아랑곳않고, 다 큰 아이들이나 지을 법한 침울한 표정으로 발끝만 쳐다보았다.

"괜찮을 거야. 우리 다 같이 아빠를 위해 기도할까?"

해나가 손을 내밀었다. 소피아는 냉큼 잡았지만, 제이는 두 주먹을 꽉 쥐고 발끝만 쳐다보았다. 해나는 강요하지 않고 그대로 눈을 감았다.

"하늘과 땅과 바다의 생명을 주관하시는 분께 기원합니다. 제이와 소피아의 아빠, 릭을 보살펴주십시오. 이 아이들에게는 그가 꼭 필요합니다."

눈을 뜨니, 바다는 파도 한 점 없이 적막했다. 별은 정수리에서 횃불처럼 타올랐다. 소피아는 한 손으로 거북이 인형을, 다른 한 손으로 해나의 손을 잡고 있었다. 맞닿은 손바닥에 땀이 괼 정도로 꼭 잡고 있었다. 제이는 성난 발끝으로 모래를 차고 또 차댔다. 보아하니, 섬에는 조그만 카누만 있을 뿐 모터보트도 없었다. 그린레프트는 아스라이 멀었다. 해나는 덜컥 겁이 났다. 그때, 소피아가 손을 당겼다.

"배고파."

그 말이 멱살을 잡듯 강력한 힘으로 해나를 흔들어 깨웠다.

해나는 소피아의 손을 잡고, 바쁘게 판잣집으로 들어갔다.

허둥지둥 서둘렀다. 항아리에서 쌀을 발견했다. 플라스틱 통에는 소금에 절여 말린 생선이 몇 마리 들어 있었다. 제너레이터가 공급하는 전기로 간신히 명맥을 유지하는 냉장고 안에는 썩 싱싱해 보이지 않는 새우와 돼지고기가 들어 있었다. 병에 담긴 파스타 소스는 주인이 올 때를 대비한 식재료 같았다. 해나는 일단 소금에 절인 생선만 조리하고 나머지는 아껴두기로 했다. 그린레프트도 길조차 제대로 닦이지 않은 고립된 마을인데, 이곳은 그린레프트에서 또 배로 한참 떨어진 외딴섬이므로 그래야 할 것 같았다.

장작에 불을 붙이는 데만 족히 한 시간을 허비했다. 장작도 솥밥도 처음이었다. 소피아는 굉장한 인내심을 지닌 아이였다. 내내 해나 곁에 딱 붙어서 빈 접시를 칼로 썰며 소꿉놀이를 했다.

"오래 기다렸지?"

해나가 밥을 푸며 소피아의 입에 몇 알 넣어주었다. 아이는 씹지도 않고 홀라당 삼켜버렸다.

정자에 점심을 차렸다. 파란 테이블보 위에 흰 접시를 올려놓으니 차린 것 없어도 멋진 그림이 되었다. 수백 자루의 백설탕을 쏟아부은 듯한 모래사장, 고요히 창공을 머금은 바다, 내장 깊은 곳까지 손을 넣어 긁어주는 바람. 여느 우아한 열대 화보의 배경이었다.

하지만 해나는 우아함과 거리가 멀었다. 온몸이 땀으로 뒤범벅이었다. 소피아에게 고무줄을 양보하느라 풀어헤친 머리칼은 얼굴과 목덜미에 두서없이 들러붙었다. 장작불을 붙이다 불꽃이 튀어 눈두덩이 벌겋게 부풀었다. 결정적으로, 컴컴한 부엌은 모기들의 은신처였다. 해나는 발가락에서부터 귓불까지 온몸을 고르게 뜯겼다.

아이들은 해나가 부르기도 전에 식탁에 앉았다. 해나는 튀긴 생선을 손에 쥐고 가시를 발라 아이들 밥에 올려주었다. 제이는 아직도 해나를 외면하고 있었지만, 그녀가 올려주는 살은 잠자코 받아먹었다. 소피아는 정말 뭐든지 잘 먹는 아이였다.

"소피아, '아' 해봐. 너 이 다 난 거 맞지? 세상에, 그럼 씹어야지. 어떻게 어른 밥 한 공기를 들이마시니?"

소피아가 아, 하고 입을 벌렸다. 작은 입속에 밥알들이 미어터져서 이 같은 건 보이지도 않았다.

"뭐야, 이 다 어디 갔어?"

해나가 깜짝 놀란 척하니, 소피아가 폭발한 분화구처럼 밥알을 튕겨내며 웃었다. 제이도 더는 참기 힘들다는 듯 픽 웃어버렸다.

문득, 해나는 행복했다. 정신없어지고, 볼품없어지고, 휘몰아치듯 일이 일을 부르는 이 상황. 그럼에도 때때로 밥알을 튕기며 웃는 이 시간은…… 그녀가 알던 행복을 닮아 있었다. 마른 아이가 살이 오르는 행복. 땀 흘려 먹이고 돌봐주면, 어느 날 쪼르르 달려와 안기며 '사랑해!' 하고 말해주는 행복. 일단 맛보고 나면, 세상의 수많은 행복 가운데 그 어떤 것으로도 대체 불가능한 그 행복.

해나는 오랫동안 걸어둔 빗장이 열릴 때처럼 가슴이 뻐근해졌다. 예상치 못한 장소에서, 예상치 못한 사건으로, 예상치 못한 아이들이 빗장을 열었다. 기름 범벅이 된 손으로 해나는 촉촉한 눈가를 훔쳤다. 아이들이 눈을 동그랗게 떴다.

"오, 미안……. 너희들 먹여주다보니까 나도 배가 고파서."

제이가 해나가 놓아준 살을 도로 해나의 접시로 옮겼다. 그리고 처음으로 해나와 눈을 맞췄다.

그들은 오늘 처음 만난 사람들이 아닌 듯 놀았다. 종일 물고기처럼 짠물을 먹었다. 쉼 없이 두 발을 첨벙거렸다. 두 팔로 해초를 갈랐다. 릭의 작은 카누에 올라타, 바늘에 생선살을 꿰고 줄을 늘어뜨렸다. 어이없을 만큼 쉽게 고기가 잡혔다. 생선살이 다 떨어지자 바나나를 꿰고 줄을 늘어뜨렸다. 그래도 어이없을 만큼 쉽게 고기가 잡혔다.

그들은 새처럼 노래했다. 모래사장에 두꺼비집을 지으며, 두껍아, 두껍아, 헌 집 줄게, 새집 다오…… 십리 밖 두꺼비도 들을 수 있도록 크게 노래했다. 아이들은 금방 해나의 노랫말을 따라 불렀다. 해나가 두꺼비 흉내를 냈다. 아이들은 숨넘어갈 듯 웃으며 모래사장을 굴렀다. 끝내 무슨 동물인지 이해하지는 못했다.

그들은 나비처럼 춤췄다. 모닥불 곁을 돌며 선사시대 사람들처럼 춤췄다. 제너레이터가 잘 작동되지 않아, 촛불 아래서 저녁을 먹었다. 다시 밥과 생선. 점심과 똑같은 메뉴였다. 그래도 꿀맛이었다. 이번엔 방금 전까지 펄떡이던, 직접 잡은 생선이었기에. 그들도 방금 전까지 펄떡이며 뛰어놀았기에.

밥을 몽땅 입에 넣고 소피아가 울었다. 너무 놀아서 힘든 거야. 제이가 가르쳐주었다. 해나는 소피아를 업고 꺼져가는 노을 속을 걸으며 자장가를 불렀다. 엄마가 섬 그늘에 굴 따러 가면…… 소피아는 우는 소리로 엄마를 몇 번 부르면서도 입 속의 밥을 야무지게 삼키고 잠이 들었다.

소피아를 침대에 뉘고 한참이 지나서도, 해나가 부를 때까지, 제이는 들어오지 않았다. 조약돌 서너 개를 주워 저글링을 하며 시간을 끌었다. 누군가를 기다리는 듯, 해먹에서 하염없이 바다를 바라보았다. 마디의 예상처럼, 어둠과 함께 바람이 거세지며 비를 뿌리기 시작했다. 그제야 제이는 방갈로로 뛰어 들어왔다.

해나는 침대 위 캐노피 모기장을 내렸다. 침대에 셋이 나란히 누웠다. 널찍한 침대에는 식탁보와 같은 재질의 파란 시트가 씌워져 있었다.

"방갈로에서 자는 건 처음이야. 아빠가 여기 들어오면 안 된다고 했는데."

"잠시만 여기서 지내자. 이모가 부모님 방에서 지내긴 좀 그래. 나중에 원래대로 정리해놓을 테니 걱정 마."

소피아는 자주 뒤척였다. 그때마다 호주머니에서 사금파리 같은 모래가 흘러나왔다. 비는 한 차례 급하게 퍼붓고는 또 변덕을 부리며 잠잠해졌다.

둥근 달이 두꺼운 구름에 구멍을 뚫고 모습을 드러냈다. 사나흘 뒤면 보름일 것 같았다. 얇아진 파도가 혀끝의 사탕을 핥듯 수면 위 달빛을 얼렀다. 숲에서는 밤의 속삭임이 시작되었다. 풀벌레가 두런거리고 잔가지가 부러졌다. 정체 모를 짐승이 짤막하게 으르렁거렸다. 밤의 속삭임은 신비롭고도 두려웠다. 해나는 언제나처럼 안젤로의 곤봉을 머리맡에 두었다.

그때 제이가 벌떡 일어나 앉았다.

"그거, 어디서 났어?"

"잠시 이모가 보관하는 거야. 주인을 찾아주려고."

"우리 형이 만든 거랑 똑같아."

"형?"

"안젤로. 우리 형은 비밀기지에 있어."

"비밀기지?"

"응. 블루라군."

"브, 블루라군?"

"응. 형이 지은 이름이야. 내가 지금 형한테 데려다줄게."

제이가 온몸의 힘을 그러모아 노를 저었다. 찰박, 소리와 함께 물이 밀려났다. 서서히 해변에서 카누가 멀어졌다. 해나는 마디가 한 말을 분명히 기억하고 있었다.

'그러고 보니, 죽은 릭의 첫째 아들도 이름이 안젤로였네요. 사고였죠.'

물이 깊어지자, 제이는 뱃머리를 동쪽으로 돌렸다. 달빛이 유유히 빛의 융단을 깔아주었다. 카누는 섬의 해안선과 평행하게 나아갔다.

섬의 반 바퀴를 돌기까지는 긴 시간이 걸리지 않았다. 섬의 반대편 해안은 큼직한 바위들이 방파제처럼 솟아올라 숲을 에워싸고 있었다. 제이는 바위 사이에 배를 댔다. 앞장서서 바위를 타기 시작했다. 은은한 달빛이 사물을 식별할 수 있도록 도와주었다. 해나는 랜턴을 주머니에 넣고, 두 손으로 바위를 기어오르기 시작했다. 바위를 오르락내리락하던 한 순간, 제이가 사라졌다. 거기 아주 작은 운하처럼, 바위가 벌어지고 바다가 길을 낸 틈이 있었다. 해나는 그리로 몸을 들이밀었다.

작고 은밀한 공간이었다. 동굴이라기보다는 암실에 가까웠다. 해나는 랜턴을 켰다. 입구와 연결된 바위가 런웨이처럼 길쭉한 무대를 암실 중앙까지 내주었고, 이것을 둘러싸고 바닷물이 흘러들어 둥근 연못을 이룬 뒤 도로 흘러나갔다. 제이는 무대 끝에 앉아 있었다. 해나가 곁으로 가 앉았다. 암실의 적막은 두툼했다. 무대에 앉아서 바라본 입구는 달빛에 젖어 온통 파랬다. 이래서 블루라군인 걸까?

"안젤로는 어디 있어?"

제이가 아래쪽 물을 가리켰다.

"물속에?"

제이가 고개를 끄덕했다. 해나는 손으로 입을 막았다.

"나 여덟 살 때 저기 들어갔는데, 안 나와."

제이가 손가락으로 여덟을 만들어 보였다.

"여기서 형이랑 맨날 다이빙하고 놀았어. 그런데 형이 점프한 다음에 안 나왔어. 장난치는 줄 알았어. 형은 돌고래보다 수

영을 잘했으니까. 그런데…… 진짜 오래 장난쳤어. 깜깜해질 때까지. 아빠가 우리 카누를 발견하고 이리 들어왔어. 저기 뛰어들어서 막 찾았어. 형이 안 나왔어. 아빠는 쓰러졌어. 꽥, 이렇게. 그때부터 맨날 여기 아프대."

제이가 가슴을 가리켰다.

"난 사람들 말 안 믿어. 형은 안 죽었어. 멀리 간 거야. 형은 헤엄쳐서 그린레프트까지도 갈 수 있을걸? 아니, 더 멀리, 도시에도 갈 수 있을걸? 만날 도시에 가서 돈을 벌어올 거라고 했어. 돈을 많이 벌면 다시 올 거야……."

와락, 해나는 제이를 끌어안았다.

재인은 지금 외삼촌댁에 있어. 오빠가 조카를 너무 귀여워하는 나머지, 일주일이나 데리고 있겠다지 뭐야. 재인은 지금 제 아빠와 시간을 보내고 있어. 생전 처음 아빠와 공놀이하는 재미에 푹 빠져 보름 후에나 온다지 뭐야. 연장할 수 있는 데까지 시간을 연장하며, 재인이 어딘가에서, 누군가의 보살핌을 받으며, 잘 살고 있으리라 우겼던 그 줄기찬 거짓말들을, 해나는 선명하게 기억한다. 스스로 거짓말에 속아주는 동안은 힘을 내서 살 수 있었다. 그래서 또 거짓말을 만들어냈다. 하지만 결국은 거짓말을 하는 자신에게 애원하게 되었다. 이제 그만해, 더는 속지 않을 테야, 어서 집으로 오라고 해, 너무나 보고 싶어…….

해나는 제이의 팔다리를 끌어 모았다. 둥지 안에서 알을 품듯, 최대한 고르게, 빠짐없이 안았다. 애처로울 정도로 가느다란 팔다리였다. 제이는 지친 듯, 온몸의 힘을 빼고 저항 없이 안겨 있었다.

그리운 안젤로에게

잘 지내고 있니? 나는 지금 눈을 감고, 네가 어딘가에서 일하고 있는 모습을 상상해. 그 구두의 임자는 오늘 행운아야. 너처럼 솜씨 좋고, 환한 미소를 지닌 구두닦이는 없으니까. 안젤로, 구두를 다 닦거든 잠시 구두통을 내려놔. 그리고 너도 눈을 감아봐. 내가 있는 곳을 설명해줄게.

짙푸른 바다가 펼쳐져 있어. 나는 무화과나무 그늘 아래 자리잡은 멋진 정자에 앉아서 수첩을 펼쳐 놓았어. 막 비가 그친 바다를 바라보고 있지. 새하얀 모래사장에서는 아이들 둘이서 뛰어논단다. 큰 아이는 제이라고 해. 작은 아이는 소피아야. 이 아이들의 이름이 네게 익숙한지 모르겠다. 여긴 네 말처럼 병환 중인 아버지가 계시고, 블루라군도 있는데. 더구나 네 이름과 같은 아이도 살았다고 하는데. 심지어 제이는 네가 만든 곤봉이 형이 만들던 것과 똑같다고 하는데 말이야. 이곳은 네 가족들이 있는 그곳일지도 몰라. 그랬으면 좋겠다고, 간절히 생각하곤 해.

안젤로, 세상에는 기적이 있는 걸까. 그래서 네가 머나먼 바다를 건너 도시에 와 나를 만났던 걸까. 아니면, 내가 몽롱하게 도시를 거니는 동안 꿈을 꾼 걸까. 꿈결에 곤봉 하나를 주워들고 흘러 흘러 여기까지 오게 된 걸까. 아니면, 이곳은 너의 블루라군과 아무 상관도 없는 곳일까. 나는 어쩌면 그 답을 영원히 알아낼 수 없을지도 몰라.

다만 내가 알 수 있는 한 가지는, 이제 여기서 멈추려 한다는 거야. 나는 곤봉을 제이에게 주었어. 아버지께 전해드리란 말도 잊지 않았지. 네가 만들었다는 말은 하지 않았어. 나조차 불확실한 것을 꼬마에게 확실한 척 말할 수는 없으니까. 특히나 제이는 지금 고독한 싸움을 하고 있거든. 앞으로도 한동안 자기가 믿고 싶은 것만 믿게 될 거야. 그 싸움을 끝내기로 결정하는 건 제이 자신뿐이라는 걸 알아. 그래서 여기 머무는 동안, 제이가 자신을 믿을 수 있도록 도와주고 싶어.

안젤로, 곤봉을 전달하는 내 역할은 여기까지인 것 같아. 네가 준 터무니없이 빈약한 정보들에 비하면, 이만큼도 제법 잘 해낸 거라 생각해. 그렇지 않니? 네가 그 환한 미소로 칭찬해줄 거라 믿어.

고마웠어.
이곳에 이르도록 나를 밀어주어서.
고마웠어, 안젤로.

평안을 찾아가기를.

해나가 수첩을 닫자, 소피아가 다가와 그림을 그려달라고 했다. 수첩은 이제 아이들의 낙서장도 되고, 종이접기 용지도 되었다. 북쪽 구름을 보아하니, 다시 심상치 않은 비바람이 몰아칠 것 같았다. 며칠째 같은 날씨였다. 하늘은 스펀지처럼 바닷물을 빨아들여 몽땅 지상에 뿌려놓고, 다시 빨아들이는 동안만 휴식을 취했다. 비는 뜨뜻하게 시작하였다가, 차가워지고 나서야 그치곤 했다. 높이 일어선 풀들조차 바닥에 드러눕도록 두들겨대면서. 해나는 맑은 하늘을 기다리는 만큼 마디를 기다렸다. 그가 꼭 좋은 소식을 가지고 돌아오기를.

해나는 일어나자마자 창가로 갔다. 변함없이 격렬하게 일어서고 뒤집히는 아침 바다. 드넓은 하늘은 잿빛 포화상태가 되어 파도에 닿을 듯 내려앉아 있었다. 릭은 병원에서 잘 회복되고 있는 걸까? 이런 날씨라면 오늘도 마디가 오긴 힘들 것이다. 일주일은 지난 것 같다. 일주일이 더 되었을 수도, 덜 되었을 수도 있다. 여기엔 시계도, 달력도, 활자도, 모니터도 없다. 정확함을 기해야 하는 행위들은 한낮의 고립된 열기 속에 무의미하게 녹아버린다. 해나는 조바심 내지 않고 기다리기로 했다. 그것만이 그녀가 선택할 수 있는 유일하고도 지혜로운 대처 같았다. 비바람은 그칠 것이다, 언젠가. 병원 일이 정리되는 대로 마디가 올 것이다, 언젠가. 쌀은 아직 두둑하다, 다행히.

언제라도 반으로 접어버릴 수 있는 종이처럼, 해나의 생각은 단순해졌다.

"그냥 좋다!"

해나가 중얼거리면 소피아가 무슨 뜻인지도 모르면서 따라 했다.

"그양 조따!"

그러면 해나는 소피아를 꼬옥 안고 정수리에 코를 묻었다. 소피아는 갓 구운 컵케이크 같았다. 단내가 나고, 통통하고, 따뜻했다. 재인과는 다른 단내였다. 재인에게서 바닐라 컵케이크 향기가 났다면, 소피아에게선 블루베리 컵케이크 향기가 났다. 소피아를 한 번씩 안을 때마다, 마음은 제아무리 오그라들었다가도 바람 든 풍선처럼 벌떡 일어섰다.

해나는 침대 맡으로 돌아와 앉았다. 소피아가 거북이 인형을 끌어안은 채 잠들어 있었다. 작은 코를 간지럽히는 머리카락을 귀 뒤로 넘겨주었다. 흘러내린 제이의 팔도 매트리스 위로 올려주었다. 외딴섬에서 자라서일까. 아이들은 막연한 기다림에 익숙했다. 소피아만, 그것도 잠이 쏟아질 때만 '엄마는 언제 와?' 하고 물을 뿐이었다. 착하고 고마운 아이들이다. 해나는 이제 곧 소피아가 깜찍한 눈꺼풀을 열고 내뱉을 첫마디를 안다. 그래서 서둘러 부엌으로 걸음을 옮겼다.

불 피우는 일은 만만해졌다. 밤새 굶주린 모기만이 여전히 만만치 않을 뿐. 오늘은 아껴둔 파스타 소스를 꺼내 밥을 볶기로 했다.

밥 짓는 냄새는 아이들에게 알람시계나 다름없었다. 아침밥을 정자로 내오자, 두 아이들이 예외 없이 테이블에 자리를 잡고 있었다. 소피아는 코를 벌름거리며, 의자 위에 뜬 짧은 다리를 기쁨으로 버둥거렸다.

앉아서 먹기 시작한 지 오 분이나 지났을까. 바람이 방향을 바꾸더니, 비가 정자 안쪽으로 들이치기 시작했다. 무성한 무화과나무 잎들조차 제대로 방패막이가 되어주지 못하는 비바람이었다.

"안 되겠다, 얘들아. 일어나자. 각자 자기 접시 들고."

해나는 요동치는 파란 테이블보를 걷어버리고, 서둘러 안쪽으로 테이블을 밀었다.

도로 앉아 먹기 시작한 지 오 분이나 되었을까. 빗물이 더 안쪽까지 침범했다. 천장의 전등갓은 아예 바람개비처럼 팽글팽글 돌았다.

"얘들아, 다시 일어나자."

해나는 당황하며 더 안쪽으로 테이블을 밀었다. 아이들이 접시를 든 채로 키득거리기 시작했다.

그러고도 더, 더, 더. 가장 안쪽까지 테이블을 옮겨도 사나운 비바람은 피할 도리가 없었다. 이제 아이들은 도저히 키득거림을 멈출 수 없는 것 같았다. 해나가 테이블을 옮길 때마다, 반복적인 요란법석으로 관객을 웃기는 코미디언이라도 보는 양 깔깔거렸다.

해나는 테이블을 포기했다. 바로 그때, 정자 한쪽 구석의 목재 바가 눈에 들어왔다. 어른 허리 높이였다.

후퇴에 후퇴를 거듭한 패잔병들이 바 뒤쪽 마룻바닥에 발을 모으고 앉았다. 발이 서로 닿자, 이번에 아이들은 발가락으로 서로의 발바닥을 간질이며 키득거렸다.

“아, 밥 좀 먹읍시다. 이분들 진짜 못 말리겠네!”

해나는 참을 만큼 참았다는 듯, 접시를 두 손으로 높이 들고서, 본격적으로 발바닥 간질이기에 나섰다. 아이들은 빗물에 젖은 밥을 꼭 끌어안고, 발버둥치며, 몸부림치며, 딸꾹질이 나올 때까지 웃고 또 웃었다.

그 섬에서,
해나가 쓴 일기들

잠시나마 빗줄기가 가늘어지면, 아이들은 기다렸다는 듯 뛰어나간다. 언젠가부터 나도 똑같이 뛰어나간다. 맨발이다. 신발은 쓸모없어졌다. 발바닥이 돌이나 풀에 쓸리는 것쯤 아무렇지도 않다. 옷이 젖으면 입은 채로 말린다. 단벌옷도 불편할 것이 없다. 이곳에선 진정으로 필요한 물건이 몇 되지 않는다. 마치 세상의 잡다한 물건들을 자연이라는 거대한 체로 걸러, 핵심적인 물품만 남겨둔 것 같다.

필요한 것이 적어진다는 건 자유로워진다는 뜻이다. 나는 자주 정자 앞, 무화과나무 아래 드러누워 비를 맞는다. 상체는 모래에 파묻고, 하체는 파도에 담근다. 온몸의 감각이 완벽히 이완되어서, 소피아와 제이가 물속에서 툭하면 그러하듯, 그대로 오줌을 싸버릴 수도 있을 것 같다. 어린아이 때 누렸던 자유와 쾌감이, 타임머신을 타고 온 듯 선명하다.

―

신비롭다. 이곳엔 **모든 시간**이 동시에 존재한다. 순서대로 배열하지 않고 아무거나 집어서 그 시점을 살 수 있다. 사람들은 도서관의 책들을 열심히 연대기 순으로 분류하지만, 분류는 도서관에 들어갈 때에만 유의미한 것이다. 이곳에서, 망망대해에 몸을 담그고 사방을 둘러보면, 도서관은 내 손등 위의 점처럼 작다. 나는 점처럼 작은 도서관을 둘러싼 거대한 강과, 강을 지나 이르는 바다와, 바다 건너 정글과, 정글 너머 산맥과, 산맥 너머 광활한 하늘에 압도된다.

―

그 광활함 속에는

모든 시간이 한꺼번에 존재한다.

정적과 에너지의 분출, 온도의 급격한 상승과 하강, 빙하기와 최초의 새싹, 집단번식과 멸종……. 물에 잠긴 채, 나는 해초처럼 너울거리며 **모든 시간**을 음미하곤 한다.

눈을 감으면, 꽤 자주 네 아이가 보인다. 네 아이가 도서관 밖으로 뛰어나와 강을 건너는 모습이 보인다. 나는 냉큼 그들의 무리에 합류하여 배를 타고 바다에 이른다. 안젤로는 배를 잘 젓는다. 재인은 선미에서 두껍아 두껍아를 부른다. 소피아가 오빠 노래에 맞춰 엉덩이춤을 춘다. 제이가 조약돌을 꺼내 저글링 솜씨를 뽐낸다. 배가 정글에 이르면 아이들이 뛰어내린다. 나도 뛰어내린다. 그들은 숲을 건넌다. 산을 오른다. 산맥을 넘고 또 넘는다. 나는 아이들의 손을 번갈아 잡고 번갈아 놓는다. 그러면 어떤 것이 재인의 손이고, 어떤 것이 제이의 손인지 전혀 구분할 수 없는 상태가 된다. 제이의 목소리가 안젤로의 목소리 같다. 소피아의 목소리가 재인의 목소리 같다. 그 구분할 수 없는 상태가 좋다. 나라는 반죽이 최대한 얇고 넓게 펴져서, 세상의 모든 장소와 시간을 한꺼번에 감싸 안는 기분이 든다.

오늘, 물에 뜬 채로 잠깐 잠이 들었다. 꿈속에서 아이들과 산맥의 가장 높은 정상에 올랐다. 거기서 하늘을 만졌다. 하늘은 생각보다 말캉했고, 차가웠다. 하늘을 만진 손이 개울처럼 푸르게 흘러내렸다. 잠에서 깨어난 순간, 나는 물속을 헤엄쳐 나아가며 무심히 방뇨했다. 무화과나뭇잎이 수면 위에 둥둥 떠 있었다. 그 반짝거리는 나뭇잎의 기분을 알 것 같았다. 내 발끝을 건드리는 물고기의 마음도 알 것 같았다. **모든 시간** 속에선 그 어떤 마음과도 교통 가능하다.

방갈로에서 제이가 거북이 인형을 만지작거리며 물었다.

"이모는 어떤 동물이 제일 좋아? 난 바다거북이 제일 좋아."

"이모도 바다거북 좋아해."

"안젤로 형도 바다거북을 제일 좋아했어."

"재인이도 거북이를 제일 좋아했는데."

"재인이가 누구야?"

"이모 아들."

"어딨는데?"

"죽었어."

제이는 잠시 어떻게 숨을 쉬어야 하는가를 잊어버린 아이처럼 얼어붙었다.

"…… 이모, 죽으면 사람은 어떻게 돼?"

"글쎄…… 영원한 잠을 자는 것과 비슷하지. 추억은 사랑하는 사람 가슴속에 계속 깨어 있고 말이야."

"난 그렇게 생각 안 해."

"……?"

"사람은 죽으면, 몰래 먼 데 가서 자기가 하고 싶은 걸 해. 이모 아들도 바다거북을 타고 놀고 있을걸."

"안젤로도?"

"형은 죽지 않았다니까!"

"아, 미안. 난 그저 남몰래 먼 데 가서 자기가 하고 싶은 걸 한다는 말에……."

"그건 맞아. 형은 지금 엄청 바쁠 거야. 하고 싶은 게 많았으니까. 구두도 닦고, 바다거북이랑도 놀고……."

"그럼 바다거북이랑 놀다가, 재인이랑 안젤로가 서로 만났을지도 모르겠네. 너랑 내가 이 섬에서 우연히 만난 것처럼 말이야."

"와, 진짜?"

"우리, 마디가 돌아와서 아빠가 건강해지셨다는 소식을 전해주거든, 바다거북을 보러 가자."

"바다거북을?"

"응. 바다거북들에게 재인이와 안젤로의 안부도 물어보고, 우리 안부도 전해달라고 하자."

"그래! 그러자!"

"나도 가. 나도 가."

소피아가 당장이라도 떠날 것처럼, 해나의 목을 끌어안고 발을 굴렀다.

아이들이 잠든 밤이면, 해나는 해변을 거닐곤 했다. 그러면 마음이 더는 감추기 힘들다는 듯, 그 이름을 꺼내놓았다.

마디.

뜻밖에도 자주, 해나는 마디를 생각했다. 언제나 시작은 물에 젖은 검은 곱슬머리부터였다. 그러고는 곱슬머리가 덮은 단단한 목선과 어깨, 이어서, 나날의 노동으로 선명하게 자리 잡은 복근(이 부위에 이르면 해나는 좀 당황스러웠다. 그럼에도, 언제 그렇게 잘 봐두었는지, 구석구석 떠올랐다), 눈이 멀 것 같이 새빨간 하루 세 송이 꽃, 조가비 카드, 트리하우스, 똑바로 앉게 만드는 요리, 그때의, 닦아주고 싶었던 이마의 땀…….

무엇보다, 그 눈. 종일 세심하게 그녀를 따라다니던 눈. 그녀가 고개를 돌려도, 고스란히 그녀 옆얼굴에 내려앉던, 온전히 대상에 집중하는 눈.

해나가 용기 내 물어본 적이 있었다.

"원래 그렇게 물끄러미 보나요? 뭐든지?"

"…… 잘 믿어지지 않는 것만요."

해변을 거닐며, 해나는 피식 웃었다. 그런 말은 어디서 배워둔 것일까.

고개를 들어 달을 쳐다보았다.

"재인아, 마디 아저씨 어때?"

재인은 대답하지 않았다. 한때 재인은 시도 때도 없이 해나를 불렀고, 해나는 대답하지 않으려 이를 악물어야 했다. 그런데 언젠가부터 재인은 말을 걸지 않았다. 해나가 소리 내 물을 때조차 묵묵부답이었다. 아마, 그때부터였던 것 같다. 해나가 재인의 답이 한결같다는 것을 믿게 된 뒤부터.

내 엄마, 꼭 행복해!

해나는 달을 향해 속삭였다.

그래, 내 아가. 너도 거기서 꼭 행복해야 해. 우리 둘 다 꼭 행복한 모습으로 다시 만나자.

밤새 폭풍우가 몰아쳤다. 방갈로를 날려버릴 듯 비바람이 불었다. 이전까지의 비바람은 전주곡에 불과했다. 파도가 해변을 도끼질했다. 사방에서 천둥이 울부짖었다. 바다를 쪼개놓을 듯 번개가 내리꽂혔다. 숲 속 짐승들은 죽음 같은 침묵 속으로 숨어들었다. 우르르, 숲에서 커다란 나무가 쓰러지는 소리가 났다. 방갈로는 뿌리째 뽑힐 듯 몇 번이나 우지끈거렸다.

축축한 암흑 속에서 해나는 두 아이를 꼭 끌어안았다.

"이 비바람도 결국엔 지나갈 거야. 틀림없어. 내일 아침이면 언제 그랬냐는 듯 새로운 태양이 솟아날 거야. 가장 좋았던 기억이 뭐니? 그걸 생각하면서 잠들도록 노력해보자."

그러나 해나 자신도 몹시 두려웠다. 끝없이 밀어닥치고 또 밀어닥치는 광포함. 해나는 눈을 질끈 감고서, 자장가를 불렀다. 엄마가 섬 그늘에 굴 따러 가면…… 부르고 또 불렀다. 바람 소리보다, 천둥 소리보다, 더 크게 불렀다. 한참 만에 아이들이 목에서 힘을 빼고 고개를 떨궜다. 해나는 아이들을 침대에 눕히고 곁에 드러누웠다. 아이들의 규칙적인 숨소리가 일말의 안정감을 가져다주었다. 그래도 잠은 오지 않았다.

빛이 스며들고 있다! 그토록 간절히 기다렸던 빛이. 대나무 벽 틈 사이로 들어온 노오란 빛줄기들이 해나의 몸에 따뜻한 줄무늬를 그렸다. 해나는 누운 채로 팔을 들어올렸다. 빛은 장난꾸러기처럼 얼른 해나의 팔에 올라타 새로 줄을 그었다. 해나는 아주 귀한 것을 어루만지듯 천천히 빛의 줄무늬를 손가락 끝으로 따라 그렸다. 아이들 얼굴에도 환하게 줄무늬가 내려앉았다. 소피아가 눈을 뜨더니 곧바로 찡그리며 베개에 얼굴을 파묻었다.

방갈로를 나서자, 태양이 뜨거운 하루의 서막을 알리며 장엄하게 빛을 쏘았다. 해나는 몸 안 깊숙이까지 빛을 빨아들였다. 심신의 눅눅함이 빠른 속도로 건조되었다. 온갖 곤충들이 잠에서 깨어나 왁자한 합창을 시작했다. 모래 온도가 급상승

했다. 바닷속 해초 군락도 활력을 찾아 부산할 것이다.

해나는 한 걸음, 한 걸음, 아침을 음미하며 걸었다. 정자의 의자에 앉아 고개를 뒤로 젖히고 눈을 감았다. 왕좌에 앉은 여왕이 부럽지 않았다. 향기로운 미풍이 불어왔다. 오븐 속에서 맛있게 익어가는 빵처럼, 온몸이 풍요롭게 달궈졌다. 누군가 그 자세로 여생을 보내야 한대도 해나는 선뜻 승낙할 것 같았다. 테이블 위에 수첩이 놓여 있었다. 그리로 손을 뻗는 것조차 귀찮아, 해나는 써내려가듯 중얼거렸다.

또 한 번의 아침은 또 한 번의 기적.
자연이 제아무리 요동쳐도
지구는 상처받지 않은 채 새로 품는다.
엄마 품처럼.

모터 소리였다. 분명히 모터 소리였다. 해나는 해변으로 뛰어나갔다. 제이와 소피아도 냉큼 곁에 와 섰다. 마디의 보트였다. '맑음 씨'와 맑은 날씨라. 이보다 더 완벽한 조합이 있을 수 있을까!

마디가 보트에서 내리자마자 곧장 해나에게 다가왔다. 해나는 자기도 모르게 덥석 그의 손을 잡았다.

"미안해요, 너무 오래 걸려서. 릭은 간신히 안정을 되찾았어요."

"다행이에요. 어서 아이들에게도 말해주세요."

마디는 상기된 얼굴로 제이와 소피아에게 전했다. 아빠가 회복 중이시라는 것. 하지만 완전히 회복되실 때까지는 시간이 많이 필요하다는 것. 엄마가 너희들을 그린레프트의 삼촌댁에 데려다 놓아달라고 부탁하셨다는 것.

아이들은 한 오 초쯤 어리둥절한 표정을 하더니, 이내 생글거렸다. 아빠의 회복과 삼촌이라는 두 가지 선물을 한꺼번에 받았기 때문이라고, 마디가 해나에게 알려주었다. 삼촌은 그린레프트에서 식료품점을 하는데, 아이들이 하루 한 봉지씩 과자를 먹도록 내버려둔다는 것도.

해나는 아이들의 옷가지를 챙기고, 부엌을 정리해 남은 식재료를 보트에 실었다. 제이는 안젤로의 곤봉을, 소피아는 거북이 인형을 손에 들었다. 마디는 릭의 카누를 들이고 방갈로와 판잣집 덧문을 잠갔다. 정자의 집기들은 한쪽으로 쌓아두었다. 마지막으로, 해나는 가방을 메고 잠시 무화과나무 아래 서서 작별인사를 했다. 모두 보트에 올랐다.

마디가 하늘을 올려다보며 말했다.

"비바람은 끝난 것 같아요. 공교롭게도 가장 날씨가 험악할 때 고생했어요."

"아니에요. 내게 꼭 필요한 시간이었어요."

마디는 해나를 향해 미소 지었다.

"현명한 사람들은 어려움 뒤에 꼭 그렇게 말하더군요."

나는 조금 무거워지고,
당신은 조금 가벼워지고

제이의 삼촌은 배가 불룩하고 허허 잘 웃는 사람이었다. 해나는 식료품점 바닥에 무릎을 꿇고 아이들과 눈높이를 맞췄다.

"이모는 당분간 그린레프트에 머물 거야. 작은 곳이니까, 오가며 만날 수 있어. 내가 보고 싶으면 언제라도 방갈로에 놀러 와. 이모도 자주 놀러 올게."

소피아가 해나의 목을 와락 끌어안았다.

"이모, 소피아 사랑해?"

"그러엄. 하늘만큼 바다만큼. 소피아도 이모 사랑해?"

"응!"

"얼만큼?"

소피아는 골똘히 코를 벌름거렸다.

"…… 밥만큼!"

해나는 블루베리 컵케이크가 납작해지도록 온 힘을 다해 안았다. 제이는 소피아와 달리 말이 없었다. 해나가 팔을 벌리자, 마지못해 비칠비칠 다가와 안겼다. 해나가 제이에게 속삭였다.

"다 잘될 거야. 원래 그런 거야. 그냥 잘되면 시시하니까, 시간이 좀 걸리는 것뿐이야."

제이는 대답하지 않았다.

소피아는 냉큼 삼촌이 내미는 과자봉지로 옮겨 갔다. 제이는 식료품점 앞에 꼼짝 않고 서서 배웅했다. 해나는 자꾸 뒤돌아 손을 흔들었다.

제이가 사라졌을 때, 마디가 해나에게 손을 내밀었다. 해나는 그의 손을 잡았다.

이디가 열렬한 포옹으로 해나를 맞이했다.

"얼마나 걱정했다고. 마디와 단둘이 폭풍우에 갇힌 거였다면 경사났구나 했을 텐데 말이야. 우하하."

이디가 각별히 공들여 커피를 내렸다. 해나는 천천히 한 모금 마셨다. 무인도에서 갓 탈출한 로빈슨 크루소에게는 실로 오랜만에 느껴보는 '극도로 자극적인' 맛이었다. 로빈슨 크루소는 신음했다.

이디가 혀를 찼다.

“쯧쯧, 그동안 뭐 먹고 살았을지 안 봐도 훤하다. 먹고 싶은 거 다 말해. 내가 해줄게.”

마디가 나섰다.

“안 그래도 내가 지금 해주려고요.”

“이봐요, 마디. 급한 마음 알고도 남겠는데, 내가 이래봬도 여기선 해나의 첫 베스트프렌드예요. 그러니 사지에서 돌아온 친구에게 밥 한 끼 차려줄 수는 있겠죠? 그다음에 완전히 빠져줄 테니, 실컷 해나를 차지하세요. 우하하, 너무 야했나? 해나, 뭐 먹고 싶어?”

“초록색으로 된 건 뭐든지! 싱싱한 야채가 너무나 먹고 싶어.”

마디가 뾰로통하게 중얼거렸다.

“양보하죠. …… 야채야말로 내 전문이지만.”

이디의 식탁은 풍성했다. 열 개의 촛불이 음식들 사이사이를 환하게 밝혔다. 해나는 커다란 볼에 그득한 그린샐러드를 단숨에 먹어치웠다. 튀긴 닭 안심과 마늘 볶음밥까지 몽땅 비웠다. 이디는 해나가 숨쉬기조차 힘들다며 배를 움켜쥔 것을 흡족하게 바라보았다.

"해나, 그런데 너…… 뭔가 달라 보여. 건강해졌어. 그을려서 그런 것만은 아닌 것 같고. 음…… 어딘지 모르게 치유된 사람 같다고나 할까."

이디는 그릇을 치우다 말고 무릎을 쳤다.

"아하, 너 무화과나무 아래 머물렀구나! 무화과나무는 약나무거든. 다른 곳에선 종교적인 깨달음의 상징이라고도 하는데, 뭐 여기선 그 정도까진 아니고, 씨앗부터 껍질, 뿌리까지 모조리 약재로 쓰여. 아기가 잘 안 생기는 여자가 봄비 내린 날 무화과나무 아래 서서 입을 벌리고 새순에서 떨어지는 빗방울을 받아먹고서 임신이 되기도 하지. 아픈 사람도 그 아래서 잠들면 고통이 줄어들고."

해나는 수긍했다. 네 아이들과 산맥을 넘고 하늘을 만지며 **모든 시간**을 음미하던 순간에도, 그녀는 무화과나무 아래 누워 있었다. 무성한 잎들은 그녀를 다정하게 내려다보며 축원해주었다.

비단 무화과나무뿐만이 아니었다. 자연은 백만 개의 팔다리로 해나의 치유를 도왔다. 차가운 빗방울들은 '살아 있음'의 확인 도장을 찍듯 해나의 이마 위로 떨어졌고, 바닷속 해초들은 멍하니 헤엄치던 그녀의 몸을 화들짝 깨어나도록 건드렸으며, 밤의 달빛은 그녀로 하여금 내밀한 고해성사를 하도록 이끌었다.

"쯧쯧. 무화과나무도 모기만큼은 어쩔 수 없었구나."

이디는 작은 병에 담긴 액체를 가져와 해나의 몸 여기저기에 발라주었다. 천연 오일과 허브로 만든 모기약이라고 했다.

해나는 불현듯 감동에 젖어 이디를 와락 끌어안았다.

"이디, 네가 봤어야 했어. 그 섬에서, 그 모든 놀라운 광경들!"

"우하하. 알아. 안다고. 이 사람아, 누구보다 잘 알고 말고. 내가 왜 이곳을 안 떠나는데? 가끔씩 할리우드보다 멋진 황홀경을 보여주기 때문이야. 내가 우리 문제아 남편을 품는 것도, 나 혼자 힘으로 하는 게 아니라니까."

밤늦도록 해나와 이디는 맥주잔을 기울였다.

"나, 바닷속에서 오줌을 쌌어. 지극히 편안했어."
"그렇담 장담하지. 그 이상도 가능해. 지구에 새로 태어난 아기처럼."
"그 이상이라니? 설마……."
"응, 그거. 우하하."

"모든 시간이 동시에 존재했어."
"내게는…… 지금 이 시간도 그래."

"소피아는 어디서나 잘 적응할 것 같은데, 제이가 염려돼."

"너무 걱정 마. 제이는 나름의 방식으로 애도하고 있는 걸 거야. 이곳에선 슬픔으로 꽉 차 있는 사람을 병원에 보내지 않아. 실컷 슬퍼한 뒤에 몸 밖으로 슬픔을 내보낼 수 있다고 믿거든."

"제이에게 안젤로의 곤봉을 주었어."
"응? 아……! 그렇게…… 그렇게 된 거구나……!"

"내가 보고 싶었어?"
"응."
"마디도 보고 싶었어?"
"응."
"누가 더 보고 싶었어?"
"……"
"젠장, 마디구나!"

"어디가 그렇게 좋아? 키스를 잘 해?"

"무슨 소리야. 오늘 겨우 손을 잡았는걸."

"어휴, 못난이들!"

"마디가 좋은 건…… 그런 거 있잖아. **그 순간**에 **그 사람**이 나타나면 그 순간이 완벽해져버리는 사람. 그리고 **그 사람**은 반드시 **그 순간**에 나타나. 오늘 아침 배를 몰고 나타난 것처럼."

"대체 자위하는 법은 언제 가르쳐줄 셈이야?"

"그건 나도 몰라. 상담사가 말한 걸 네게 말했을 뿐이야."

"진짜 이러기야? 너는 연하남 덕에 자위 같은 건 필요도 없겠지만, 난 **정말로** 필요하다고! 결혼한 지 대충 이십 년이야. 라울이랑 나랑 서로 자위하는 거라도 도와줘야 할 판이라고!"

"기다리는 동안 만들었어. 나보다 마디가 더 보고 싶었대서 안 줄까 하다 주는 거야. 우하하."

"우와, 예쁘다. 직접 색실을 꼬아 만든 거야? 팔목에 딱 맞아. 이디, 정말 고마워."

풀벌레와 파도 소리가 가득한 밤이었다. 초가 다 녹아내리면 새 초에 불을 붙였다. 공감이란, 그 순간, 다 채운 퍼즐의 마지막 한 조각을 내려놓는 일처럼 쉽고도 완성도 높은 일이었다. 웃었고, 취했고, 결국 우정은 더 깊어졌다.

헤어지면서, 해나는 이디를 꼭 끌어안고 아이들과 바다거북을 보러 가기로 한 약속에 대해 말했다. 아이들이 새 생활에 적응하는 대로 함께 가자고. 이디는 "물론!" 하며 윙크했다.

마디의 예보는 옳았다. 화창한 날씨가 계속되었다. 해나는 어린 왕자의 별에서 마디가 집 짓는 것을 거들곤 했다. 사포질이나 대나무살을 엮는 것 같은 가벼운 일들이었다. 집은 매우 천천히 지어졌다. 마디는 전혀 서두르는 기색이 없었다.

"건축이란 태양광 아래에서 펼쳐지는 세심하고도 장엄한 놀이입니다."

책을 낭독하는 어조로 마디가 읊었다.

"제가 좋아하는 건축가 르 코르뷔지에가 한 말이에요. 그도 해변을 사랑했지요. 자신이 별장을 지어놓은 바닷가에 해수욕을 하러 들어갔다가 삶을 마감했고요. 그는 건축계의 거장이었는데도, 그 별장은 놀랄 만큼 소박했어요. 부엌과 샤워기가 딸린 이 트리하우스마저 사치스럽게 여겨질 만큼."

마디는 트리하우스를 올려다보며 미소 지었다.

"그런 일화를 접하면 기분이 좋아져요. 마치 '나도 제법인데, 자네도 제법이구만' 하고 그가 내 삶의 방식을 격려해주는 것 같으니까요. 나는 그의 말 가운데에서 '건축'을 '인생'으로 바꿔봐요. 그에게 건축은 인생이었거든요."

"인생이란 태양광 아래에서 펼쳐지는 세심하고도 장엄한 놀이입니다?"

"네. 다른 것도 종종 그렇게 해보곤 해요. 위대한 과학자가 '과학은……' 혹은, 작가가 '문학은……' 하는 식으로 남긴 말들에 '인생은……'하고 대입해보는 거죠. 꽤 잘 맞아떨어져요."

"재미있겠네요. 예를 들면요?"

"훌륭한 문학은 둘 중 하나다. 누군가 여행을 떠나거나, 낯선이가 마을에 오거나. 톨스토이예요."

"훌륭한 인생은 둘 중 하나다. 누군가 여행을 떠나거나, 낯선이가 마을에 오거나?"

"네. 바로 이 순간, 우리의 인생처럼요."

"좋네요."

"이번에는 한 학생이 아인슈타인에게 질문하는 겁니다. '박사님, 이 문제들은 작년 물리학 기말고사 문제와 똑같은데요?'

아인슈타인이 대답하죠. '맞아. 하지만 올해는 답이 다르지.'"
"인생의 기말고사 문제는 똑같은데 해마다 답이 다르다?"
"빙고! 똑똑한 학생이군요. 시험 보는 날엔 꼭 당신 옆에 앉아야겠어요."
그러고서 마디는 오늘이 시험 날인 양, 해나 옆으로 와 앉았다. 장난꾸러기 짝꿍처럼 미소 지으며 해나의 손을 잡았다. 모든 영화 속에서, 책 속에서, '이런 순간엔 키스를 해'라고 가르쳐준 바로 그 순간.
실은, 종종 그 순간이 다가왔다. 그때마다 해나는 세상의 모든 할 일을 한 줄로 세워놓고, 맨 마지막 자리에 키스를 처박아 둔 사람처럼 다른 할 일을 먼저 생각해냈다. 지금처럼.
"마디, 배고프지 않나요?"
마디는 삼 초 정도, 주파수를 전환하는 데 시간이 걸렸다. 삼 초 동안 해나가 지정한 마지막 자리에 억지로 키스를 쑤셔 넣고 돌아와야 했지만, 그는 싫은 내색 없이 몸을 일으켜주었다. 언제나처럼.
이디는 그것을 이렇게 표현했다.
"가여운 마디. 틀림없이 몸에 사리가 생기고 있을 거야."

트리하우스의 테이블에는 최후의 밥 한 톨까지 비워낸 접시들이 놓여 있었다. 해나가 배에 손을 얹었다.

"정말 맛있게 잘 먹었어요. 와, 배가 터질 것 같아."

마디는 변함없이 해나를 위해 요리했다.

"그래도 아직 충분히 살찌지 않았어요."

"훗. 꼭 헨젤과 그레텔의 마귀할멈 같아요."

해나는 감사의 의미로 제안했다.

"내일은 당신을 위해 한국 음식을 요리할게요."

"한국 음식이요?"

"네. 한국 음식엔 채식주의자들이 좋아할 만한 메뉴가 많아요. 그중에서 잡채를 만들어볼까 해요. 제이 삼촌의 식료품점에서 비슷한 면麵을 발견했거든요."

"어떻게 만드는지 설명해줄 수 있어요?"

해나가 조리법을 알려주는 동안, 마디는 마치 상상 속에서 함께 조리하고 맛보는 듯 눈을 감았다.

"음…… 한국 음식은 따뜻한 음식일 것 같아요. 맛보다 손이 더 강하게 느껴지면, 나는 그 음식을 따뜻한 음식이라고 부르죠. 음식에 체온이 담기니까요."

"그러고 보니, 내 기억 속에서도 그 음식엔 엄마의 체온이 담겨 있네요. 잡채는 내가 입맛이 없다고 할 때마다 엄마가 해주시던 거예요."

고등학생이 되던 해에 교통사고로 한꺼번에 돌아가신 부모님, 그리고 보험금을 관리하며 자신을 돌봤던 오빠의 얼굴이 차례로 떠올라, 해나는 잠시 깊숙이 생각 속으로 들어갔다.

"그런데……."

마디가 망설였다.

"이 잡채라는 음식, 당신을 위해서도 해본 적이 있나요? 오직 당신을 위해서만."

"글쎄요…… 없는 것 같아요."

"즐거운 마음으로, 나를 위해서만, 아끼는 음식을 하는 것. 내겐 그게 내 인생을 제대로 돌보는 것의 시작이었어요. 펜트하우스에서 그린레프트로 뚝 떨어져서, 빈집 아궁이에 장작불을 지피는 것으로 시작됐죠."

"아, 장작불 지피기!"

해나가 알고도 남는다는 듯 손뼉을 치며 웃었다.

"엄청 눈물이 났죠. 연기 때문에. 그래서 크게 소리내 노래했어요. 무슨 오기에선지 가장 좋아하는 음식을 요리했고요. 일종의 날 위한 파티였어요. 자정이 가까워서야 완성됐지만."

"무슨 음식이었어요?"

"코코넛밀크 커리라이스."

날 위한 파티라.

순간, 오랜만에 마리의 목소리가 들렸다.

'내 첫 단추를 축하해주세요.'

레오의 목소리도 들렸다.

'위하여!'

트리하우스에 입주할 아홉 아이들 중 몇몇은 자발적으로 집 짓기에 합류할 때가 있었다. 아이들은 이미 연장 사용법이나 나무 다루는 법 등을 익히고 있어서, 어린 왕자의 별에 도착하면 특별한 지시 없이도 흩어져서 할 일을 시작했다. 모르는 것이 생기면 마디에게 물어보았고, 마디가 살펴보아주고 나면 다시 놀랍도록 고요한 집중 속으로 빠져들었다. 집중력이 다하면, 그들은 연장을 내려놓고 좀이 쑤시다는 듯 나무를 오르내리거나 헤엄쳤다. 그들에게 어린 왕자의 별은 배움터이자 놀이터인 것 같았다.

해나는 집 짓는 일을 거들 때마다 무한한 상념에 빠졌다. 특히 나무의 결을 부드럽게 살려내는 사포질을 할 때면 더더욱 그랬다.

상념에 빠지긴 마디도 마찬가지인 모양이었다. 때때로 연장을 내려놓고 스케치북을 펼쳐 트리하우스에 대한 스케치를 남겼다.

“최대한 나무에 위화감을 주지 않는 집을 짓고 싶어요. 나무의 자비로움 덕분에 집을 지을 수 있는 거니까요.”

해나는 스케치북을 펼쳐보았다. 마디는 실현 가능성 여부를 따지지 않고 영감이 떠오르는 대로 그린다고 했지만, 대부분의 스케치들은 꼼꼼하고 진지했다. 복층 형태의 방, 혹은 벽 없이 내부가 활짝 열려 있는 방, 다양하게 변형된 창문과 테이블도 있었다.

진지하지 않은 스케치들도 눈에 띄었다.

'엉터리 못질을 하는 해나'

'톱을 무서워하는 해나'

'열심히 하지만 사실 별 도움이 안 되는 해나'

해나는 그림 제목을 읽으며 쿡쿡 웃었다. 마디가 멋쩍은 듯 머리를 긁었다.

"들켰군요. 한번 당신도 마음대로 그려보세요. 어떤 집에서 살고 싶어요?"

해나는 '건축'과 '인생'을 뒤바꿔 놓았던 대화를 기억했다. 살고 싶은 집을 그려보는 것은 살고 싶은 인생을 그려보는 것과 연관이 있을 것이다. 해나는 연필을 쥐고, 쓱쓱 오두막을 그렸다. 큼직한 창문과 문도 그려 넣었다. 어려울 것이 없었다. 그런데, 거기서 손이 딱 멈췄다. 내부가 묘연했다. 한때는 방 두 개짜리 집이 '노동의 목표'가 되었던 적이 있었다. 그때는 원하는 것과 필요한 것이 분명했고, 서로 일치했다. 하물며 식탁 의자 높이와 장난감 상자의 크기까지도.

그런데 지금은 당장 자신이 싱글침대를 원하는지, 더블침대를 원하는지도 알 수 없었다. 책상이 필요하긴 한 건지, 필요하다면 과연 그 책상에서 어떤 일을 할 건지(코딩?)…… 하나도 알 수가 없었다. 해나는 텅 빈 종이를 앞에 두고서 거대한 혼란에 빠졌다.

그날 저녁, 해나는 그린레프트에 도착하자마자 응급실로 뛰어가듯 이디에게 뛰어갔다.

"마이 베프! 무슨 일이야?"

이디는 한 마디도 놓치지 않고 귀 기울였다.

"침대? 뭘 망설여? 당연히 더블침대지. 우하하."

"이디, 좀! 지금 그런 얘기가 아니잖아."

"그런 얘기야. 모든 관계의 시작은 도박이야. 너 지금 도박할까 말까 망설이는 거잖아."

"너답지 않아. 어떻게 관계가 그저 도박이야?"

"시작은 도박이야. 이 게임에 들까 말까. 올인 할까 말까. 그다음부턴 수공예지. 한 코, 한 코, 손으로 그물을 짜는 수공예. 날 봐. 시작은 도박이었는데, 어느새 그물 매듭이 너무 단단해져서 푸는 것 자체가 불가능해졌잖아. 빼도 박도 못하고 남겨진 선택은 더 열심히 짜나가는 일뿐인 거야."

"매듭이 단단해진다?"

"시간과 사연이 얹어지면, 웬만한 난도질로는 끊을래야 끊어지지 않아."

"시간과 사연……."

해나가 말끝을 흐리자, 이디가 해나의 손을 잡았다.

"알아. 하루아침에 공들였던 그물을 잃은 사람이 어떻게 새 판을 짤 엄두가 나겠어? 결정할 수가 없다면 결정하지 마. 그릴 수 없으면 그리지 않음 되지. 까짓 스케치북, 빈 채로 둬. 네 것도 아니잖아. 어차피 지금은 마디가 몸에 사리가 생기도록 열심히 스케치하고 있는데 뭐가 걱정이야, 응? 우하하."

새파란 하늘, 타오르는 태양, 땅 위에 춤추는 그림자를 던지는 나뭇잎들. 모든 것이 여느 때와 같았다. 마디가 오늘따라 말수가 적다는 것만 뺀다면. 오늘은 둘뿐이었다. 보트를 타고 올 때도, 점심식사를 다 마칠 때까지도 마디는 고요했다. 해나가 설거지를 하겠다고 했을 때에도, 짐짓 단호한 어깻짓으로 거절을 표시할 뿐이었다. 설거지를 마친 마디는 자리로 돌아가 못질을 시작했다. 어쩐지 필요 이상으로 세게 두드리는 것 같았다.

해나는 평소 마디가 자신을 바라보던 그 시선으로, 잠자코 그를 바라보았다. 왜 그래요, 마디? 말해줘요.

마디가 망치를 내려놓고, 참던 숨을 내쉬었다.

"재인이는 어떤 아이였나요? 당신만 괜찮다면, 당신이 가장 사랑한 베이비 이야기를 듣고 싶어요. 공놀이를 좋아한다든지, 목욕을 싫어한다든지, 아주 사소한 거라도요. 네, 아주 사소한 거라도."

해나는 당황했다. 그런 질문은 처음이었다. 언제나 혼자였다. 아기가 몸을 뒤집을 때에도, 첫걸음을 뗐을 때에도. 그 기적 같은 기쁨을 함께 나눌 대상이 간절했다. 그래도 결국은 혼자였고, 혼자 간직하는 데 익숙해졌다. 그런데 지금…….

"알아요. 선을 넘으면 안 된다는 거. 그런데 내 주변머리로는 당신을 돕기 위해 할 수 있는 게 별로 없어요. 고작 부엌에서 밥이나 지을 뿐이죠. 그래서 궁리 끝에 이런 생각을 해봤어요. 당신이 나를 기억의 한 폴더쯤으로 '이용'하면 어떨까. 날 이용하세요. 이래봬도 난 기억력이 꽤 좋거든요. 이다음에 시간이 많이 지나서, 흐릿해진 부분이 생긴다면 날 클릭하면 되는 거죠."

해나는 마디를 바라보았다. 그는 가슴을 활짝 펴고, 마치 '이 세상에 두려운 게 없는 사람'처럼 해나를 바라보고 있었다. 해나도 꼭 그렇게 바라보았던 사람이 있었다. 가장 사랑한 베이비. 나를 이용해. 내 몸과 마음을 사용해. 널 위해서라면 얼마든지 나를 던질 수 있어. 통째로 바친다 해도 아깝지 않아. 마디는 해나가 재인을 바라보았듯 해나를 바라보면서, 해나에게 재인의 이야기를 해달라고 청하고 있다.

"그렇게 해서 나는 조금 무거워지고 당신은 조금 가벼워졌으면 좋겠어요. 우리가 같은 지점에서 만날 수 있게."

해나는 입을 꾹 다문 채였다. 마디가 눈을 내리깔았다.

"역시…… 내가 좀 성급했나 보군요. 미안합니다. 나는 그저……."

"아니에요, 마디."

해나는 마디처럼 최대한 가슴을 펴고 말했다.

"재인의 이야기를 함께 한다면 참 좋을 거예요. 이제는 그럴 수 있을 것도 같아요. 아니, 당신에게라면 그러고 싶어요. 하지만……."

해나는 힘을 모으기 위해 두 주먹을 꼭 쥐었다.

"…… 하지만 어떠한 경우에도, 당신을 '이용하기' 위해선 아닐 거예요. 마디, 당신은 참 맑은 사람이에요. 긍정적인 에너지로 꽉 차 있죠……. 반면에 나는 완전히 방전되었던 사람이에요. 너무 오랫동안 방전되어서…… 아주 느린 속도로만 충전되고 있어요. 여러 사람들이 충전을 도와주고 있지만…… 그중에서도 당신은 가장 큰 생의 에너지로 나를 충전해주는 고마운 사람이에요. 그런 당신에게 합당한 자리를…… 나는…… 공들여 마련해주고 싶어요. 서둘러서 덥석 이용해버리는…… 그런 자리 말고요. 얼마나 더 충전해야 그럴 힘이 생길지는 모르겠어요. 몰라서 정말 미안하고…… 느려터져서 정말 미안하지만…… 그때까지 내게 좀 더 시간을 주겠어요?"

맑음 씨가 힘겹게 고개를 끄덕했다. 해나는 또 가슴 한 귀퉁이가 조금 뜯기는 듯 아팠다.

마디는 다시 원래의 마디로 돌아왔다. 다정하게 이야기하고, 성실하게 집을 짓고, 헨젤에게 밥을 먹이고 나서 살이 덜 쪘다고 근심하는 마디로.

그는 어린 왕자의 별에 해먹을 추가로 걸고 '해나의 해먹'이라 이름 붙였다. 작업용 스툴을 만들어 '해나의 일터'라고 불렀다.

당신에게 합당한 자리를, 나는 공들여 마련해주고 싶어요.

그렇게 말한 것은 해나였지만, 정작 차곡차곡 상대방을 위한 자리를 마련하는 것은 마디였다.

해나는 차곡차곡 무언가를 준비하기가 힘들었다. 그녀 안에서 어떤 힘이 춤추기 시작했다. 그 힘은 점프하고, 뱅그르르 돌고, 엎드렸다가, 쏜살같이 질주해서, 해나는 더 이상 가만히 앉아 사포질조차 할 수가 없었다. 일어나 바닷가를 서성거렸다. '열심히 하지만 사실 별 도움이 안 되는 해나'는 이제 '아예 뻘짓 하는 해나'가 되어버렸다.

해나는 파도 안에 발을 담갔다 뺐다 반복했다. 조가비를 모았다 한꺼번에 파도에 실려 보냈다. 고래처럼 힘차게 헤엄쳐 나가다 말고 해초처럼 둥둥 떠 있었다.

마디는 전처럼 해나를 뚫어지게 보지 않았다. 해나가 혼자 보내고자 하는 시간을 혼자 보낼 수 있도록 외면해주었다. 어쩌다 한 번씩 해나가 있는 곳으로 와서, 풀밭에서 네잎클로버를 찾아낸 소년처럼, 모래사장에서 찾아낸 별 모양 조가비 하나를 해나의 손에 쥐어주고 다시 돌아가 연장을 잡았다.

바닷가에서 지치도록 시간을 보내고 나면, 해나는 나무 아래를 서성였다. 풀을 들추고 흙을 파내며 무언가를 찾았다. 해나가 찾는 것은 곤충들이었다. 어린 왕자의 별에서 집을 짓는 것은 마디뿐만이 아니었다. 해나는 개미가 집을 짓는 것을 지켜보았다.

비가 내리거나 흙더미가 무너진 뒤, 개미들은 그들만의 대참사 앞에서 그 어느 때보다 부지런히 움직여 집을 지었다. 일개미들이 한 번에 물어 나를 수 있는 흙의 양은 측정할 수도 없을 만큼 작았지만, 그들에게는 좌절도 불평도 없었다. 묵묵히 주어진 일을 하고 또 할 뿐이었다. 그래서 그들에게는 불가능도 없었다. 거미도 마찬가지였다. 풍뎅이도 마찬가지였다. 생명이 있는 모든 것들이 마찬가지였다. 다지고 또 다져도, 허물어지고 또 허물어지는 한계와, 다시 덤벼들어 다지는 숙명.

그들은 해나에게, 소도시의 전통가옥에서 난독증이 있던 여주인공이 더듬더듬 읽던 시구를 속삭여주었다.

잃어버리는 기술을 통달하기란 어렵지 않다;
하도 많은 일들이 상실을 목적으로 삼는 듯하니
그들을 잃는 것은 이미 재난일 수가 없다

매일 무엇인가 잃어라. 방문 열쇠를 잃거나,
시간을 허비한 낭패감을 순순히 받아들여라
잃어버리는 기술을 통달하기란 어렵지 않다

그리하여 더 많이 잃고, 더 빨리 잃는 법을 연습하라:
장소들, 그리고 이름들, 그리고 당신이 여행하려 했던 곳을
이런 어떤 것도 재난을 불러오지는 않는다

나는 두 도시를 잃었다, 아름다운 도시를. 그리고, 더 거대한,
내가 소유했던 세계, 두 개의 강, 대륙을
그것들을 그리워하지만, 그렇다고 그게 재난은 아니었다

숲 속의 거대한 나무 아래서, 대양을 건너온 바람을 맞으며, 사각, 서걱, 꼼지락, 꿈틀, 멈춤 없이 뒤척이는 미물들이 낭송해주는 시를 경청하는 일은, 해나 안에서 춤추는 힘을 더 세게 부추겼다. 두려워 마라. 본래 그런 것이다. 너를 던져라. 본래 그런 것이다. 미래 시제는 허물어지는 것을 두려워하지 않는 이에게만 온다. 본래 그런 것이다.

어느 밤 방갈로에서 잠을 청할 때였다. 해나는 마지막 한 방울이 떨어지는 소리를 들었다. 그녀는 침대에 벌떡 일어나 앉았다. 마음속 **그 힘**이, 출렁거림을 멈췄다. 넘쳐흐르기 시작했다.

마음이라는 것은 물과 같아서 최후의 한 방울이 보태져야 흐르기 시작한다. 일단 흐르면 또르르 흙을 적시며 새로운 길을 낸다. 최후의 한 방울이 보태지기 전까지, 마음은 출렁거릴 뿐이다. 확신할 수 없다. 내일이면, 내가, 멀리멀리 흘러나가 새 길을 낼 거라는 것을. 그 길의 끝에 대양이 기다린다는 것을.

첫 방울이 흙을 적시는 순간, 해나는 정확히 알았다. 그동안 충전된 힘으로, 새로 낼 길 위에서, 자신을 위한 음식을 하고, 자신을 위한 옷을 지어 입고, 자신을 위한 집을 지을 수 있을 거라는 것을. 그러고 나면 타인을 위해서도 제대로 공들인 자리를 만들어 줄 수 있을 거라는 것을.

먼저 몇 가지 일만 마무리 짓는다면.

세상의 좋은 것들이 모두 기지개를 켜는 아침이었다. 해나는 숙소 식당에 딸린 부엌에서 잡채를 완성했다. 한 접시 수북하게 담아 식탁에 올렸다. 그린레프트에 처음 도착한 날, 마그마가 지각을 뚫고 나오듯 눈물이 터져나왔던 바로 그 자리였다. 그날처럼, 붉은 꽃은 입을 크게 벌려 샛노란 암술의 농염한 자태를 드러냈다. 또 그날처럼, 줄무늬 고양이가 잽싸게 눈치채고 우아하게 등장했다. 녀석은 해나 발목에 친근하게 귀를 비벼댔다. 해나는 잡채 몇 가락을 녀석에게 건넸다. 그때는 알지 못했다. 자신의 눈물샘을 폭발시켰던 풍경과 이토록 담담한 친구가 될 줄은.

해나는 조용히 읊조렸다.

"위하여."

그 목소리에 담긴 단단함이 마음에 들었다. 언젠가 이디와 나눈 대화가 되살아났다.

두렵지만, 두려워 죽을 것 같지만, 끝까지 헤쳐 나가다보면, 흙이 점차 단단하게 빚어지면서 형체를 지니게 되는 거야. 마지막 지점에서, 그게 나만의 답이란 걸 알게 되겠지.

해나는 기쁜 마음으로 잡채를 집어올렸다.

마디의 집은 비어 있었다. 그린레프트에서 가장 부지런한 어부답게 새벽 조업에 나간 모양이다. 해나는 그의 문가에 접시와 쪽지를 내려놓았다.

다녀올 곳이 있어요. 미처 정리하지 못한 일들이 있어서요. 보름 뒤에 돌아올게요. 직접 인사하고 떠나지 못해 미안해요.

언젠가부터 행동하고 싶을 때 저질러버리는 것이 내겐 중요해졌어요. 이것까지만 그렇게 할게요. 약속해요. 당신의 그 너른 마음으로 이해해줘요.

그리고…… 네, 이 음식은 나만을 위해 만든 건 아니에요. 아무래도 난 그런 사람인가 봐요. 이제는 그런 내가 싫지 않네요.

많이 보고 싶을 거예요.

해나

해나는 식료품점으로 향했다. 소피아가 뛰어와 안겼다. 제이는 딱딱하게 굳어 있었다. 오늘이 등교 첫날이기 때문이다. 언제까지 삼촌 댁에 머물지 모르지만, 그동안만이라도 학교에 다닐 것을 권한 건 해나였다. 그녀는 필요한 비용을 부담하겠다고 약속했다.

제이는 해나가 안아주자, 금세 품 안에서 해파리처럼 물컹해졌다. 해나는 제이가 충분히 힘을 차릴 때까지 오래도록 안아주었다. 그리고 준비해둔 선물을 건넸다.

"입학 축하해. 신나게 공부하고 친구도 많이 사귀렴."

제이가 새 책가방을 열었다. 필기도구가 가득한 필통과 새 공책들을 발견하고는 흰 이를 활짝 드러내며 웃었다.

소피아가 '힝' 소리를 냈다.

"나도 가방!"

해나는 잡채 접시를 내밀었다.

"소피아도 학교 갈 때 이모가 사줄게. 오늘은 대신 이거. 따라해봐. 잡, 채!"

"짜! 째!"

"옳지! 이모가 한 거야. 이걸 먹고 나면, 이모를 잡채만큼 사랑한다고 하게 될걸."

해나는 아이들에게 보름 뒤 돌아오겠다고 약속했다.

"그때는 꼭 바다거북을 보러 가자."

이디에게 잡채를 전할 무렵엔 벌써 소도시로 향하는 트럭이 시동을 걸었다. 해나와 이디는 짧고 뜨거운 포옹으로 긴 말을 대신했다. 트럭이 사라질 때까지, 이디와 아이들은 길에서 손을 흔들었다.

소도시로 향하는 트럭은 만원이었다. 짐칸을 개조하여 들여놓은 좌석에는 마을 사람들이 빼곡하게 앉아 있었고, 그들의 무릎, 좌석 아래, 통로 할 것 없이 보따리들이 꽉꽉 쟁여져 있었다. 그럼에도 해나가 마지막으로 올라타자, 사람들은 어떻게든 움직여 앉을 자리를 마련해주었다. 해나는 "감사합니다"를 연발하면서 엉덩이 한쪽을 구겨 넣었다. 트럭이 비포장도로를 달리자, 마구 흔들리면서 나머지 엉덩이 한쪽도 자리를 마련했다. 며칠간 지속된 맑은 날씨 덕분에 트럭은 웅덩이에 처박히지 않고 그르렁그르렁 비포장도로를 기어나갔다.

누군가 뒤에서 해나의 어깨를 꾹 잡았다. 낯익은 백발 할머니였다.

"어머, 선생님! 안녕하셨어요?"

백발 할머니는 다짜고짜 해나의 얼굴에 자신의 얼굴을 들이댔다. 그러고는 만면에 흡족한 미소를 띠었다.

"마디가 공을 들인다더니, 제대로 들인 모양이군. 녀석, 생각보다 이런 방면으로도 능력이 있는걸?"

해나는 말문이 막혀버렸다.

"마디랑 했나?"

"네?"

"했냐구?"

"……"

할머니는 혀를 찼다.

"시간이 더 필요한 모양이구먼. 뭐 아무렴 어떤가. 오늘 안 열렸으면 내일 열리겠지. 여자의 몸은 집이네. 열고, 품고, 가꾸고, 내놓지. 지금 자네가 짓고 있는 집이 완성되면, 품으려 여는 것쯤 어렵지 않을 걸세."

해나는 귀까지 빨개졌다. 백발 할머니는 아랑곳않고 온 세상이 다 듣도록 쩌렁쩌렁 말했다.

"아무튼 많이 해. 무조건 많이 하라구. 것도 다 때가 있는 법이니, 쓸리고 아파서 몸살이 날 지경으로 해. 아낌없이 써버려. 실컷 몸을 쓸 수 있는 날들은 생각보다 많지 않아. 즐겨. 누려.

그리고 많이많이 낳아."

차 안의 마을사람들이 깔깔거렸다. 웃음소리가 잦아들 때까지 기다렸다가, 백발 할머니가 어린아이에게 하듯 해나의 머리를 쓰다듬었다.

"자네 나이 때 하는 가장 큰 실수가 뭔 줄 아나? 바로 세상 다 산 어른인 체한다는 거야. 남은 인생을 지루하게 보내는 지름길이지. 이제 시작일 뿐인데 말이야. 막 엄마 품을 벗어난 아기와 같지. 더 살다보면 알게 될 거야."

그러고 나선 갑자기 소리를 낮췄다.

"나무로부터 구원받았구먼 그래. 잘했어. 접때 봤을 땐 나무가 뭔지도 모르는 딱한 몰골을 하고 있더니. 나무도 영혼이 있고 감정이 있다구. 사랑을 담아서 말을 걸고 정성을 다해서 보살펴줘야 돼. 자네 삶도 마찬가지라네."

급기야 웅얼웅얼 혼잣말이 되었다.

"나무가 그냥 서 있기만 하는 것 같지? 한번 자세히 보라구. 생존하려고 얼마나 처절한 전투를 벌이는데. 열매까지 들먹거릴 것도 없어. 그 마디 말이야. 그 껍질 말이야. 그 나이테 말이야. 거저 얻는 건 하나도 없지. 살아 있는 건 모두 전사라니까. 전사. 자기가 전사라는 걸 알면 감당 못할 게 뭐가 있겠어."

혼잣말이 뚝뚝 끊어졌다.

"갖지 못한 추억 때문에…… 병들지 않아. 나무는…… 가졌던 추억만…… 소중히 몸에 새기지. 그러니까…… 빨랑…… 해. 케이크도 먹어야 케이크지……. 한 판을 다 쥐고 앉아서…… 상할 날만 기다리고 앉았으니…… 쯧쯧……."

할머니는 갑자기 고개를 푹 꺾더니, 드르렁, 푸우, 코를 골기 시작했다.

오직 미소로
다시 태어나기

처마 위에 두툼하게 눈이 쌓였다. 한옥 앞마당에는 한 방향으로 난 비질 자국이 선명했다. 식당 한편에서는 대형 온풍기가 힘껏 열기를 내뿜고 있었고, 해나 옆자리에는 화목난로가 활활 타오르고 있었다. 그런데도 열대의 나라에서 온 해나는 춥기만 했다. 시계를 본다. 역시 늦는다. 그는 귀찮아하며 '꼭 나가야 하나?' 되물었을 것이다. 그에겐, 세상의 어떤 일이든 막상 들이닥치는 순간 의미가 축소되고 살짝 성가신 일이 되어버린다. 그것이 기다리던 일일지라도. 그는 오늘도 시간이 강제할 때까지 컴퓨터 모니터 앞에 앉아 쓸모 있거나 쓸모없는 클릭을 반복했을 것이다. 그리고 이십 분쯤 늦게 젖은 머리로 나타날 것이다. 사람은 쉽게 변하지 않는다.

정말로 이십 분쯤 지났을 때, 그가 들어섰다. 머리끝이 살짝

얼어 있다.

"어이, 오랜만."

"응. 오랜만이야. 잘 지냈어?"

"뭐, 그날이 그날이지."

그날이 그날일 리가. 하루하루는 갓 잡아 펄떡대는 생선처럼 우리에게 주어져. 거의 반사적으로, 오래전 버스에서 무지개떡을 먹여주던 여인의 말이 떠올랐다.

살아서 벌어지는 일은 모두 다 축복이란다.

해나는 그를 만나자, 그동안 벌어졌던 일들이 얼마나 다른 방향으로 자신을 이끌었는지 새삼 실감했다.

그가 매우 낯설다는 듯 해나의 그을린 피부와 색실 팔찌를 훑었다.

"달라졌다?"

"여행을 했어."

"여행?"

뜻밖이라는 듯 반문하고서, 그는 다시 이해한다는 듯 고개를 주억였다. 그리고 긴 침묵 뒤에 입을 뗐다.

“장례식에 안 간 건…… 자격이 없다고 생각해서야.”

알고 있어. 늘 당신 중심으로 사고하는 것. 재인이가 아빠를 보고 싶어 했을 거라곤 생각하지 않았겠지. 해나는 튀어나오는 말을 잡아두고 다른 말을 꺼냈다.

“이제 와 그런 걸 따질 마음 없어. 당신이 장례식 마치면 꼭 한 번 보자고 했던 말, 재인이에게 마지막까지 책임을 다하겠다는 마음으로 기억하고 있었어. 재인이는 잘 갔어.”

당신은 애초에 원했던 대로 홀가분해지면 돼. 해나는 또 다시 튀어나오는 말을 잡아두었다. 사실, 그는 조금도 홀가분해 보이지 않았다.

“나에 대해…… 물은 적 있나?”

“재인이? 물론이야. 아빤 어디 있냐고, 왜 안 오냐고 여러 번 물었어. 솔직하게 말했어. 아빠는 멀리 살고 있고, 아직 ‘우리를 만날 준비가 되어 있지 않다’고.”

그는 어금니를 꽉 깨물었다.

“재인이는 행동이 느린 편이었어. 아침에 어린이집에 갈 때마다 내가 ‘아직 준비가 안 되었구나’ 하는 말을 많이 하곤 했지. 그래서 그 말도 자기 식으로 이해했어. ‘아빠도 나처럼 느린 거구나’ 하더라고. 어느 날은 거울을 보면서 묻기도 했어.

'엄마, 아빠랑 나랑 많이 닮았지?' 내가 어떻게 대답해야 하나 망설이니까 자기가 대답하더라. '우리 둘 다 느림보 거북이잖아. 낑낑이랑 꽁꽁처럼'. 낑낑이와 꽁꽁이는 재인이가 키우던 청거북들이야. 재인이는 동물 중에 거북이를 가장 좋아했어. 그러니까, 당신도 좋아했을 거야. 마지막까지 좋아하고 기다리는 마음을 가지고 떠났을 거야."

꽉 깨문 그의 입술 사이에서 '억!' 신음소리가 새어나오더니, 테이블 위로 고개가 떨어졌다. 그는 칼처럼 뾰족하게 벼려진 말만 하던 사람이었다. 해나는 그가 신음소리를 내는 것을 들어본 적이 없었다. 테이블 위에 고개를 떨어뜨리는 것은 더더욱 본 적이 없었다. 그는 한참을 그러고만 있었다.

해나는 먼저 일어섰다. 오래전 해나가 테이블에 엎드려 울고 있을 때 그가 그랬던 것처럼. 그때 해나는 어미가 되었고, 지금 그는 아비가 되었다.

해나는 도로 앉았다. 어미와 아비가 이처럼 큰 간격을 두고, 아이까지 보내놓고서 비로소 어미와 아비로 마주앉아 있는 것이 그릇되게 여겨졌지만, 그렇기에 더더욱, 잠시나마 어미와 아비로서 마주앉아 추도의 시간을 가지는 것이 마땅할 것 같왔기 때문이다.

이제는 알 것 같아. 당신과 나, 처음부터 다시 만난다 해도 이보다 더 나은 그림을 그릴 수는 없었겠지. 미술관에 전시될 만큼 멋진 그림이었으면 좋았을 텐데, 재인에게 그런 그림을 선물할 수 있었다면 정말 좋았을 텐데, 그러지 못했어. 부끄럽지만 이 정도를 그리는 데에도 뼈마디가 부서질 만큼 최선을 다했다는 것, 그것이 엄마로서 내가 지닌 유일한 위로야. 정말 고마운 건…… 이 그림 구석구석까지 재인이가 추억을 꽉 채워주었다는 거야. 그리고 그 추억들 가운데 어느 것 하나 소중하지 않은 것이 없다는 거야. 그걸 깨닫는 일도 내겐 중요해. 남은 회한은 버리려 해.

그에게는 회한이 많이 남은 듯했다. 남겨진 추억이 없기 때문일 거라고 해나는 짐작했다. 그래서 밥을 주문했다. 술을 주문했다. 밥과 술 사이사이 섞인 그의 푸념과 변명과 후회를 들어주었다. 불쌍한 사람. 그에게는 푸념과 변명과 후회 외에, 그리운 추도의 말이 없었다. 그는 다만 끝까지 혼자였다.

그의 혀가 꼬부라지며 같은 내용을 반복하기 시작했을 때, 해나는 일어나 계산을 마치고 비질이 잘된 마당을 걸어 나왔다.

다음 날 자정 무렵, 그로부터 뜻밖의 전화가 걸려왔다.

"지금 동해안에 와 있어. 당신이 말한 거기."

해나와 재인이는 마지막 두 여름을 동해의 한 펜션에서 캠핑을 하며 보냈다. 거북이 인형도 거기서 샀다. 재인은 거북이 인형에게 툭하면 그곳에서 얼마나 즐거웠는지를 이야기해주곤 했다. 그래서 재인의 뼛가루는 그 바닷가에 뿌려졌다.

해나는 한국에 도착하자마자 가장 먼저 그 바닷가를 찾았다. 가슴에서 넘쳐나는 수많은 '이야기들'을 무엇부터 시작할까 하다 덩어리째 고스란히 바다에 띄웠다.

동해 바다와 그린레프트의 바다가 본질적으로 같은 것은 다행이었다. '이야기들'은 어쩌면 해나보다 먼저 도착해 재인이의 마음을 어르고 있었는지도 모른다. 아니, 어쩌면 재인이가 그린레프트에 해나보다 먼저 도착해 처음부터 그 모든 이야기 속에 동참했던 것인지도 모른다. 재인은 이제 어디에나 있다.

"내일 아침…… 만나러 갈 거야."

그는 여전히 '재인'이라는 이름을 입에 담지 못했다.

"그래서 말인데…… 애에 대해서 얘기 좀 해줘. 그냥 간단하게, 좋아했던 음식 같은 거."

그냥 간단하게.

순간, 마디의 목소리가 들렸다.

당신이 가장 사랑한 베이비 이야기를 듣고 싶어요.
아주 사소한 거라도요.

해나는 이 기이한 엇갈림에 목이 메었다.
"돈가스. 장례식 제단에 올린 것도 그거였어."
"돈가스? 그건 가져가기도 그렇고 뿌리기도 좀 뭣한데. 혹시 과자 같은 건 없어?"

좀 뭣한데.

다시, 마디가 말했다.

날 이용하세요.

나는 조금 무거워지고 당신은 조금 가벼워졌으면 좋겠어요.
우리가 같은 지점에서 만날 수 있게.

해나는 얼른 목을 가다듬었다.

"과자는 안 좋아했어."

"오다가 돈가스 파는 덴 못 봤는데?"

전에는 이런 식의 대화를 이끌고 가기가 힘겨웠다. 이제는 아니다.

"해변에서 가장 큰 건물 찾아보면 이층에 반짝 분식집이라고 있어. 거기서 팔아. 바로 해변이라 생각보다 귀찮지도 어렵지도 않을 거야."

그리고 해나는 타이르듯 덧붙였다.

"바닷가에 가거든, 바람이 차더라도 잠시 머물러줘. 당신이 늦게 온 이유도 얘기해주고, 입에서 안 떨어지겠지만, 그리웠다고도 말해주고. 당신의 빈자리, 아이에겐 컸을 거야. 조곤조곤 위로하고 달래서 채워 넣어줘. 그리고 부탁인데…… 꼭 이름을 불러줘. 재인이라고. 어색하더라도, 재인이가 당신을 알아볼 수 있도록."

전화기를 내려놓았다. 전화기를 쥐었던 손바닥이 땀으로

흥건했다. 해나는 고개를 푹 꺾어 가슴 깊숙한 곳을 향해 속삭였다.

재인아, 아빠는 그냥 잘 모르는 것뿐이야. 어떻게 다가가고 품어야 하는지. 모르는 건 딱한 거지 나쁜 건 아니야. 그러니, 아빠를 보고 너무 실망하진 마.

애써 봉합시켜놓은 것이 터질 것 같아서, 해나는 두 손으로 가슴을 꽉 그러모았다.

엄마에게…… 운명이란 최상의 것을 주는 게 아니었어. 대신 빈자리를 주어서, 그걸 메꾸기 위해 힘을 내 살아가게 하는 것이었지. 덕분에 우리가 유달리 서로 사랑했던 시간도 괜찮았잖니…… 응? 내 가여운 아가야…….

눈 내린 뒤의, 볕 좋은 겨울 아침이다. 해나는 흰 국화다발을 내려놓고 묘에 쌓인 눈을 치웠다. 재인과도 종종 이곳을 찾곤 했었다. 해나는 산등성이 아래로 펼쳐진 벌판이 새하얗게 반짝이는 것을 내려다보며 앉았다.

'엄마, 아빠. 잘 지내셨어요?'

새하얀 벌판에 산비둘기 두 마리가 날아와 나란히 머물러 있다가 날아오른다.

'한때는 나만 두고 먼저 가셨다고 그렇게 원망했는데, 지금은 오히려 마음이 놓여요. 엄마 아빠가 거기서 재인이를 잘 돌봐주실 테니까. 못됐지? 자식은 이렇게 끝까지 부모 마음은 못 헤아리고, 제 자식만 챙기는 건가 봐. 그래도…… 조금은 알 것 같아요. 오빠랑 나, 둘만 남겨두고 갔던 부모님 마음이 그때 어

땠을지. 아이를 먼저 보내는 것도 이렇게 힘든데, 두고 가는 마음은 어땠을지…….'

해나는 엄마의 묘에 털모자를 쓴 머리를 기댔다.

'엄마, 고작 마음 한 가지를 헤아리는 데에도 이렇게 오래 걸려요. 이렇게 까마득한 시간이 걸린 뒤에야 진짜 어른이 되는가 봐요.'

부모님은 늘 그렇듯 담담히 들어주셨다. 모자를 파고드는 눈은 차가웠지만 포근했다. 엄마 무르팍에 누워 까무룩 잠들던 어느 봄날처럼, 평화로웠다. 해나는 그대로 잠시 기대어 볕을 쪼이기로 했다.

해나의 오빠는 흰 봉투와 카드 키 하나를 내밀었다.

"너 예전에 다니던 회사 근처 원룸이다. 이건 네가 세입자로 된 2년 전세계약서고."

카페에 사람들이 듬성듬성해졌다. 점심시간이 끝나가는 모양이었다. 오빠는 힐끔 손목시계를 본다.

"혹시 이것 때문에 새언니 없이 만나자고 한 거야?"

"……"

"새언니가 모르는 거야? 아님, 알기 때문에 날 안 보겠다고 한 거야?"

"모르는 척 받아둬. 보험금엔 네 몫도 있던 거니까. 혼자 조용히 처리하려고 했는데, 급하게 비우느라 어쩔 수 없었다."

한국에 오자마자, 해나는 오빠에게 전화를 걸어 만나고 싶다고 했다. 재인의 소식도 간략하게 전했다. 오빠는 닷새 후 회사 앞에서 만나자고 했다. 아니, 정확하게는 닷새만 시간을 달라고 했다. 그 시간이 왜 필요했는지, 해나는 이제야 알 것 같았다.

"지금 와서 보험금 얘긴 왜 해? 게다가 난…… 이제 정말 필요 없어."

"완전히 네 명의로 해주고 싶었는데, 이 정도에서 만족해야 했다. 새언니 철없는 거 알잖니? 한참 애들 교육비 많이 들어갈 때라…… 끝까지 성적이 안 나오니까 아주 날카로워. 우울증도 있고. 뭐 그 사람도 힘들지. 공무원 월급에 아들놈 둘 학원, 대학, 장가…… 끝이 안 보이니까."

갑자기 오빠의 목소리가 꺾이더니 새된 소리가 흘러나왔다.

"독한 것…… 난 네가 그 고생을 한 줄도 모르고……."

"오빠, 난 괜찮아. 정말이야. 괜찮아졌어. 그리고…… 이건 못 받아. 이러자고 만나자고 한 거 아니야."

"난 이러자고 만나자고 한 거야. 늘 네게 미안했다. 부모님께도 죄스러웠고. 오빠가 이렇게라도 갚게 해다오."

그는 꽤 뜨거운 커피를 술처럼 벌컥벌컥 비워버렸다. 그리고 손등으로 입을 쓱 닦았다.

"앞으로는 어려운 일 있으면 오빠 찾아. 어쩌니 저쩌니 해도 둘뿐인 혈육 아니냐?"

오빠가 자리에서 일어섰다. 해나는 얼른 일어나 그의 양복 호주머니에 봉투와 키를 집어넣었다. 그가 오른손으로 해나의 손을 잡더니, 왼손으로 봉투와 키를 다시 쥐어주었다.

"자꾸 이러면 작아서 그런다고 생각할 거다. 그냥 부모님이 주셨을 결혼 밑천 대신이라고 여기면 된다. 언제고 결혼은 할 거 아니냐?"

오빠는 양손에 힘을 꽉 준 채로 말했다.

"그 번호는 새로 한 거냐?"

"응."

"그래, 전화하마. 너도 전화해. 너 기다리느라고 아직도 그 고리짝 번호 그냥 둔 거다. 모르는 번호가 찍힐 때마다 혹시나 했었다."

오빠의 목소리가 또 살짝 꺾였다.

"나…… 약한 놈이지, 나쁜 놈은 아니다."

오빠는 성큼성큼 카페 밖으로 걸어 나갔다. 열어젖혀진 문으로 찬 공기가 훅 들어왔다가 흩어졌다.

해나는 모텔에서 원룸으로 짐을 옮겼다. 컴퓨터, 가스레인지, 냉장고, 식탁, 침대, 옷장, 신발장, 보일러, 에어컨, TV, 블라인드, 책장, 책걸상 등이 완비된 원룸이었다. 한낮이었지만 썰렁했다. 해나는 보일러의 전원을 켰다.

"몸만 들어가면 되는 곳이라, 기본적인 것들은 다 있을 거야."

오빠가 설명했을 때, 해나는 잊고 있었다. 한국에서 집을 말할 땐 그 '기본'이 너무나 높고도 많다는 것을. 게다가 그것이…… 완벽하게 물질을 의미한다는 것을.

해나는 분명히 기억한다. 재인이 떠난 뒤 처음으로 집을 느꼈던 밤을. 그 밤, 서로의 상처를 핥아주는 길짐승들처럼, 이디와 해나는 서로를 안았다. 그러자 길을 잃고 떠돌던 영혼에게 그 작은 방갈로가 집이 되었다. 집이란, 관계의 온기가 흐를 때에만 생명을 갖는 완벽하게 정서적인 공간이었다.

해나는 의자에 앉았다. 눈을 감았다. 오빠는 얼마 되지 않는 시간 안에 이곳을 비워내기 위해 꽤 신경을 써야 했을 것이다. 어린 시절 오빠는 해나를 등에 태우고 바닥을 기곤 했다. 이랴! 이랴! 해나가 신이 나서 엉덩이를 들썩거리면, 오빠는 더 힘들어졌을 텐데도 환하게 웃었다. 오빠의 마지막 음성이 귓가에 머물러 있다.

나…… 약한 놈이지, 나쁜 놈은 아니다.

눈을 떴다. 욕실로 가 수건에 물을 적셨다. 원룸의 구석구석을 닦았다. 얼마 되지 않는 짐을 풀었다. 블라인드를 내리고 옷장에서 이불을 모조리 꺼냈다. 양치질을 한 뒤 침대에 누워 겹겹이 이불을 덮었다. 밤잠처럼 곤하게 낮잠을 잤다. 깨어났을 때, 다 먹고 남은 입가의 아이스크림처럼, 꿈의 마지막 자락이 해나에게 달콤하게 머물러 있었다. 무슨 꿈이었는지는 기억나지 않았다. 관계없었다. 어느덧 원룸에 온기가 돌았다.

한국에 도착한 뒤 내내 미뤄두었던 일을 할 차례였다. 해나는 컴퓨터 앞에 앉았다. 메일함 속에는 그녀가 떠나온 세상이 고스란히 담겨 있을 것이다. 매우 무신경하게 그녀를 호출하면서. 해나는 마음을 굳게 먹고 마우스를 눌렀다.

받은편지함 안읽음 487

봄키즈치과에서 김재인 어린이의 정기검진일을 알려드립니다

톰톰과 함께 떠나는 기차 여행,
김재인 회원님만을 위한 사전예약!

7세 자녀를 둔 예비 학부모님들을 위한
초등입학설명회에 초대합니다.

최대한 빠르게 눈으로 훑으며 내려갔지만, 눈보다 더 빠르게 추억들이 봇물처럼 튀어나왔다.

봄키즈치과에서, 눈이 빨개졌는데도 끝까지 울음을 참던 아이. 울음을 참는 대신, 의사가 상으로 건넨 사탕을 바닥에 동댕이쳐버렸던 아이. 톰톰 기차라면 사족을 못 쓰던 아이. 잠자리에 누워서도 배 위로, 베개 위로, 이불 터널 속으로 톰톰을

굴리며 '칙칙폭폭!' 외치던 아이. 초등학교에 다니는 형아들을 존경의 눈으로 바라보았던 아이. 형아들이 가방을 메고 지나갈 때면, 콧구멍을 넓히며 걸음마저 멈췄던 아이. 마지막까지 착하고 아름다웠지만, 끝끝내 학교에 다니는 '형님'이 되지는 못한 그 아이. 내 어여쁜 아이…….

해나는 책상 위에 엎드렸다. 백발 할머니의 음성이 조용히 그녀를 토닥였다.

갖지 못한 추억 때문에…… 병들지 않아. 나무는…… 가졌던 추억만…… 소중히 몸에 새기지.

네, 그래요.
이제는 저도 알아요.
그러니 조금만 더 이러고 있을게요.

잠시 후, 해나는 고개를 들었다. 세수하듯 손바닥으로 얼굴을 비볐다. 계속해서 메일을 빠르게 훑었다. 스팸 메일들 사이에서 반가운 이름 하나가 눈에 들어왔다. 레오.

해나에게

헬로, 나의 소중한 친구.

지금 어디에 있나요? 건강하죠?
나는 집으로 돌아왔어요. 여행도 좋지만, 집도 좋군요.
지금부터는 또 열심히 일하고 운동도 해야겠죠.

당신이 소도시를 떠나던 날, 나도 그 터미널에 있었어요.
당신은 여느 때처럼 고요했고, 결의에 차 보였지만,
누군가 쿡 찌르면 눈물을 터뜨릴 것만 같았죠.

그래서 나는 당신이 올바로 길을 떠날 수 있도록
조금 자리를 피해 있었습니다.
그리고 사진을 찍었어요. 허락 없이 찍어서 미안해요.
하지만 어쩐지 당신이 이 사진을 볼 즈음에는
이것이 당신에게 작은 선물이 되리란 확신이 있었습니다.

여행이란,
마녀가 각양각색의 재료를 넣고 끓이는 수프와 같죠.
국자를 푹 담그고 소용돌이가 날 정도로 휘저으면,

그 어떤 황당한 재료라도 (개구리 발톱처럼!) 녹고 결합하면서
신비롭고 의미로운 결정체로 재탄생합니다.

나는 그날 내가 보았던 당신의 고요와, 결의와, 눈물이
격렬한 소용돌이처럼 들끓었을 당신만의 특별한 여정 속에서
오직 미소로 재탄생하지 않았을까 짐작해봅니다.

만약 내 짐작이 맞다면, 부탁하건대,
지금 당신의 모습도 한 컷 찍어서
이 사진과 나란히 놓고 보아주기를 바라요.
그리고 그 결과를 내게도 말해주세요.

우정으로부터,
레오

사진 파일명은 '해나를 찾아서'였다. 클릭과 함께, 낯익은 터미널 광경이 펼쳐졌다. 한가운데 해나가 정면을 바라보고 서 있다. 아니, 정면을 향하고는 있지만 딱히 그 무엇도 보고 있지는 않다. 흙바람이 그녀의 종아리까지 일고, 그 바람에 원피스 치맛자락이 부풀었다. 바람에 날린 머리카락은 그녀 얼굴 아래쪽 절반을 덮었다. 덕분에 그녀는 검은 마스크를 쓴 사람처럼 눈만이 도드라졌다.

퀭하고 텅 빈 눈. 그것은 자신의 삶을 사는 이의 눈이 아니라, 차창 밖으로 풍경이 지나가듯 삶이 자신을 지나가도록 내버려두는 이의 눈이다. 어깨에는 하늘색 가방끈이, 그 너머로는 튀어나온 곤봉 손잡이가 보인다. 등 뒤에 칼을 멘 혈혈단신 황야의 무사처럼.

해나는 옷과 머리 매무새를 간단히 매만졌다. 새로 마련한 스마트폰으로 셀카를 찍었다. 모니터상으로 두 사진을 번갈아 보았다. 일순 목이 꽉 메었다. 비록 방금 전까지 울었던 얼굴임에도, 레오가 예언한 그 '미소'를 해나도 알아볼 수 있었기 때문이다.

곧장 답장을 쓰기 시작했다.

레오에게

헬로, 나의 소중한 친구.

혼자라고 생각한 순간에도 혼자는 아니었네요.
끝이라고 생각한 순간에도 끝은 아니었듯이…….

해나는 새로 찍은 사진을 첨부했다. 사진 파일명은 '해나를 찾고서'로 타이핑해 넣었다.

또 다른 반가운 이름도 있었다. 마리. 그녀의 메일은 간단했다.

해나, 어서 여기로 놀러 와!

링크가 걸린 곳에는 마리의 사진들이 가득했다. 사막의 야외온천에서 비키니를 입은 마리, 눈 덮인 산등성이에서 색동 털모자를 쓰고 가죽판초를 걸친 채 양떼를 거느린 마리, 분화구를 기어오르며 재투성이가 된 마리, 사람들에 둘러싸여 술잔을 들고 환호하는 마리, 검정색 플라멩코 드레스를 입고 새빨간 입술을 쭉 내민 마리, 황무지 한가운데 큰대자로 뻗고 얼굴을 카우보이모자로 덮은 마리, 눈꺼풀이 벌에 쏘인 마리……. 마리는 살아서 춤추고 있었다.

메일은 한 줄 더 있었다.

P. S. 블루라군은 찾았어?

해나는 장난기 어린, 똑같이 짧은 답장을 썼다.

이러다 네 인생 선반 무너지겠다.
두툼한 장서가 벌써 몇 권이야?

P. S. 당근 찾았지. 적어도 그렇다고 생각하지.

해나는 마리가 사진과 함께 공개해둔 여행 스케줄을 살펴보았다. 봄에 동아시아에 올 예정이었다. 그다음 스케줄이 없는 것으로 보아 비교적 오래 머물 예정인 것 같았다. 해나는 생각난 듯, 레오와 마리에게 다시 메일을 보냈다.

당분간 한국에 없을 예정입니다.

내가 없는 동안 한국에 오게 되거든
꼭 이 주소에 머물러주세요.
숙박비는 '청소'입니다.
키는 여기 맡겨둘게요.

해나는 오빠가 준 계약서를 펴고 거기서 원룸과 공인중개사의 주소를 베껴 적었다.

당신 집처럼 생각하고
머물고 싶은 만큼 머물러주세요.
단, 혼숙은…… 허합니다.
:)

메일함에는 몇몇 코딩 의뢰서도 있었다. 대체로 철 지난 것이었지만, 마지막 것은 이틀 전 발송된 것이었다. 해나는 의뢰서를 살펴보고 차분하게 답장을 쓰기 시작했다.

그간 안녕하셨는지요?

저간의 사정을 간략하게 말씀 드리자면,

가족에게 큰 변이 있었습니다.

몸과 마음을 추스르느라

오랫동안 연락을 드리지 못한 점 죄송합니다.

부디 양해를 구하겠습니다.

해당 코딩 건은 말씀하신 날짜까지

작업하여 보내드리겠습니다.

저의 새로운 연락처는 다음과 같습니다.

해나는 전화번호를 타이핑해 넣고 메일을 마무리했다.

해나는 가방을 마련했다. 소형 캐리어였다. 무화과나무 섬이 가르쳐준 대로, 사는 데 꼭 지녀야 할 물건은 많지 않기 때문이다. 그나마 가방의 절반은 선물로 채울 것이다.

해나는 식탁 위에 선물들을 펼쳐 놓았다. 구슬 어깨끈이 달린 분홍 원피스. 한 사이즈 정도 클 것이지만, 그래야 한다. 아이들은 금방 크니까. "이모!" 소피아가 웃는 얼굴이 보인다. 제이를 위해서는 푸른 계열의 반바지와 셔츠를 골랐다. 제이는 이렇다 할 취향이 없다. 털털함은 사내아이만의 미덕이다. 이디를 위해서는 중고 노트북을 준비했다. 거기 전자책과 영화를 가득 담았다. 이디의 첫 질문이 짐작되어 슬그머니 미소 지었다.

"19금으로 엄선했겠지, 친구?"

마디를 위해서는 두 권의 책을 준비했다.

『외국인을 위한 한국 사찰요리 100선』

『오늘도 좋은 하루』

자신을 위해서는 카고 팬츠를 준비했다. 주머니가 많이 달려 어린 왕자의 별에서 매우 유용한 작업복이 되어줄 것이다. 작업용 노트북도 마련했다. 급한 업무연락은 폰으로 하고, 한 주에 한 번쯤 소도시로 나가 인터넷을 이용한다면 그린레프트에서도 코딩을 계속할 수 있을 터였다.

어느덧 한국에서 일주일이 흘렀다. 남은 일주일 동안은 열대의 나라에서 꼭 해야 할 일들이 기다리고 있었다.

공항버스 정류장에 서서, 해나는 차가운 겨울 공기를 들이마셨다. 가슴이 뛰기 시작했다. 찬 공기 속 천 겹의 얼음막들을 걷어내면, 연약한 새싹처럼 드러나는 먼 곳의 따뜻한 바람을 느낄 수 있었다. 다시, 그 안에 초미립자로 숨어든 무화과나무의 촉촉한 내음을 느낄 수 있었다. 촉촉한 내음이 목을 타고 분말처럼 폐부로 퍼지는 동안, 해나는 행복해졌다.

문득, 자신에게 행복을 찾아낼 수 있는 능력이 생겼다는 것이 놀라웠다.

열대의 나라에 도착하자마자, 해나는 유흥가에 둘러싸인 예전의 호텔로 찾아갔다. 젊은 호텔 매니저는 해나를 단번에 알아보지 못했다.

"저 기억하세요? 몇 달 전에 여기 묵었었죠. 혼자, 한 달쯤이요."

"……?"

"그때 제가 보리로 떠날 수 있도록 비행기표 예매를 도와주셨어요."

"아, 예. 이제 확실히 기억납니다."

"혹시 안젤로라는 아이 얘기를 했던 것도 기억하시나요? 제가 이만 한 나무 곤봉을 들고 와서 안젤로라는 아이가 주었다고 했는데."

"글쎄요, 그런 것까지는……."

"당신이 이곳 아이들은 조직폭력배 수하에 있다면서 조심하라고 조언해주었죠."

"그랬나요? 흔히 하는 조언입니다만. 워낙 많은 손님들이 오가는 곳이라……. 아! 비행기표를 예약할 때 당신이 어떤 곳을 검색해달라고 한 기억이 납니다. 대개 유명 관광지에 대해 문의들 하시는데, 저도 처음 들어보는 곳을 물어보셔서. 검색해도 정보가 나오지 않았었죠, 아마?"

"블루라군이요."

"맞아요, 블루라군. 그건 기억나네요. 하지만 안젤로라는 아이는……."

"이 근처에서 구두를 닦아요."

그가 어깨를 으쓱하며 문 쪽으로 턱짓을 했다. 로비 밖에 한 아이가 구두통 위에 앉아 손으로 턱을 괴고 있었다. 낯선 얼굴이다.

"구두를 닦는 아이들은 많아요. 늘 바뀌죠. 시골에서 올라온 아이들이 구걸 다음으로 찾는 밥벌이 관문이니까요."

"제가 꼭 그 아이를 다시 만나고 싶어서 그러는데…… 혹시 찾을 방법이 있을까요? 경찰서라든지?"

경찰서라는 말에 그가 미간을 찌푸렸다.

"왜 그러시죠? 그 애에게 무슨 피해라도 입으셨나요? 소매치기라든지?"

"절대 그런 거 아니에요. 그때 곤봉을 선물로 받았는데, 고맙다는 말을 하려고 해요."

그는 더더욱 깊게 미간을 모았다.

"이 바닥에서는 구두닦이가 아니라, 구두공장 사장이라도 일단 사라지면 못 찾기 십상이에요. 원한다면 경찰서에 가보실 수도 있겠지만, 거리의 아이를 찾겠다고 한다면, 그것도 이름 하나만 들고 가서는 비웃음만 받을 겁니다. 나라면 차라리 밖의 저 아이에게 물어보겠어요. 저런 아이들의 수입을 관리하는 말단 조폭들에게 접근하는 방법도 있겠지만, 조금이라도 현명한 사람이라면 그런 짓을 하진 않겠죠."

해나는 당분간 머물기 위해 여권을 내밀었다. 젊은 매니저는 여권을 밀어냈다.

"문제가 일어나는 것은 원치 않습니다. 미안합니다만, 근처의 다른 호텔을 알아보시죠."

해나는 안젤로를 처음 발견한 카페로 갔다. 안젤로를 밀쳤던 긴 생머리의 웨이트리스를 찾았지만, 또 다른 긴 생머리 웨이트리스가 그 아가씨를 대신하고 있었다. 새 아가씨는 안젤로는 고사하고, 예전에 일했던 아가씨도 알지 못했다.

"여기 여자들 절반은 긴 생머리잖아요, 참 네."

그녀는 보라색 매니큐어가 칠해진 긴 손톱으로 머리를 빗질하며, 짜증스럽게 말을 뱉었다.

구두닦이 아이들도 안젤로를 알지 못했다. 어떤 아이는 약에 취해 해나와 눈조차 맞추지 못했고, 어떤 아이는 안젤로를 안다면 얼마를 줄 건지 물었으며, 어떤 아이는 "꺼져!" 한 뒤 멀찍이 침을 쏘았다. 해나는 안젤로는커녕, 안젤로의 미소를 닮은 아이를 찾는 것도 하늘의 별 따기라는 것을 깨달았다.

마지막으로 찾아간 경찰서에서는 희한한 경험을 했다.

"안젤로가 누군데요?"

"사실 그걸 알아낼 수 있을까 해서 왔어요."

"우리는 모르는 사람은 못 찾아줘요."

그들은 해나에게 진술서를 작성하라고 요구했다.

"여기다 이름 쓰고, 이렇게 써요. 나는 한국에서 왔으며, 안젤로를 찾으려고 했으나, 스스로 포기한다."

그들의 관심사는 처음부터 안젤로가 아니라, 해나가 진술서를 작성하여 자신들이 시작도 하지 않은 일을 완벽하게 종료시키고 경찰서를 떠나주는 데 있었던 것이다.

그래도 포기하지 않았다. 해나는 남은 일주일을 온전히 안젤로를 위해 보냈다. 매일 같은 카페에서 창밖을 내다보았다. 거리로 창이 난 호텔 방에서 사람들을 관찰했다. 업체에 부탁하여, '안젤로, 나 블루라군에서 돌아왔어' 문구를 넣은 전단지를 뿌리기도 했다.

많은 희망을 걸지는 않았다. 일주일은 스스로 정해놓은 시한이었을 뿐, 해나는 자신이 안젤로를 찾든 못 찾든, 안젤로가 특유의 낙천적인 힘으로 제 갈 길을 꿋꿋이 가고 있을 거라 믿었다.

누군가 안젤로는 그저 꿈속에 나타난 천사였을 뿐이라는 결정적 증거를 제시한다 해도, 해나는 변함없이 안젤로에게 일주일을 내어주었을 것이다. 고마웠다고, 흔들어 깨워주고, 떠나도록 밀어주어서 정말 고마웠다고. 이 모든 여정의 시작에 네가 있었으니, 이 여정의 마지막 일주일을 널 위해 할애하는 것은 당연하다고.

세상은 더할 나위 없이 선명했다. 지나가는 사람들을 바라보노라면, 안젤로의 말처럼 비즈니스맨과 관광객이 구분되었다. 그곳에 상주하는 가게 주인과 하루 밥벌이를 위해 거리를 맴도는 사람들도 알아볼 수 있었다. 그저 길을 잃은 사람도 눈에 띄었다.

때로는, 갑자기 선명함 이상의 선명함으로, 비즈니스맨의 와이셔츠 깃 아래로 흐르는 땀, 인력거꾼의 발가락을 뒤덮은 검은 먼지, 여성 관광객의 반쯤 지워진 립스틱 아래에서 바싹 말라가는 입술마저 보이곤 했다. 거리의 그 모든 미세한 형상과 잔영이, 도시 전체의 거대한 냄새와 소리가, 그 도시를 넘어, 국경을 넘어, 뜨거운 열대로부터 차디찬 극지방에 걸친 지구의 온갖 삶과 애환이, 어마어마한 음악당을 울리는 오케스트라의 연주처럼 한꺼번에 해나를 압도하곤 했다. 그러면 그녀는 막 기나긴 동굴 탐사를 마치고 나온 대원이 그러하듯, 폐부 깊숙이 숨을 들이마시고 다시 각별한 애정으로 눈앞의 세상을 마음에 새겼다.

해가 지면, 호텔 방에서 다섯 시간가량 집중적으로 코딩을 했다. 오랜만에 자판을 두드리는 손끝의 감각은 해나에게 동물적인 활력을 가져다주었다. 해나는 긴 부상 뒤에 트랙에 선 경주마처럼 줄곧 달렸다. 자판 소리가 말발굽 소리처럼 일정하게 방 안에 울려 퍼졌다. 마음의 그릇을 말끔히 비워내고 씻어주는 소리였다.

자정 무렵이면, 침대에 홀로 누워 잠을 청했다. 잠은 쉽게 오지 않았다. 호텔 밖 매연과 소음의 방해에도 불구하고, 어느덧 찾아온 무화과나무의 촉촉한 내음이 해나의 전신을 뒤덮었기 때문이다. 한국에서 겨울바람 속에 초미립자로 숨어 있던 내음은, 이곳에서 거대입자가 되어 참을 수 없이 진한 내음을 풍겼다. 가슴이 쿵쾅거렸다. 마음이 급해졌다. 블루베리 컵케이크의 고소한 머릿내를 맡고 싶었다. 우하하 이디의 웃음소리를 듣고 싶었다. 마디의, 누구보다도, 마디의, 이 세상 자질구레한 것들을 모조리 정지시키는 그 그윽한 초점을 그녀의 미간에 머물게 하고 싶었다. '하고 싶은' 것이 그토록 많아졌다는 것이 믿어지지 않았다.

마음을 가라앉히기 위해 해나는 책을 읽었다. 밤마다 침대 곁 램프를 켜고 『오늘도 좋은 하루』를 소리 내 읽었다. 재인이가 좋아했던 그림책이다. 마디도 분명 좋아할 그림책이다. 책을 읽는 동안, 재인이는 책과 해나 사이에 드러누웠다. 조용히 귀 기울이다가 새근새근 잠들었다. 그 숨소리를 들으면, 비로소 해나에게도 잠이 찾아왔다.

이제 당신을
감당할 수 있습니다

해나는 트럭에서 내리자마자, 뛰다시피 옛 숙소로 달려갔다. 그린레프트행 트럭에 올라탔을 때부터 내내 지나가는 창밖 풍경에게 재촉했다. 빨리 가자. 빨리. 제발.

그린레프트 숙소의 매니저가 반가운 미소로 맞아주었다.

"그런데 웬 책가방이 그렇게나 많아요?"

해나는 보리의 소도시에서 시장에 들렀다. 아홉 개의 책가방과 학용품 세트를 샀다. 어린 왕자의 별 학교의 예비학생들을 위한 것이었다. 어린 왕자의 별에 학교가 완성되려면 아직도 시간이 제법 필요했다. 해나는 제이처럼, 그때까지 아홉 아이들이 그린레프트의 학교에 다닐 수 있도록 도와주고 싶었다.

"아이들에게 줄 선물이에요."

매니저가 다시 미소를 짓더니, 뭔가 내밀었다. 새 모양으로 접힌 종이였다. 두툼한 것으로 보아 여러 장이었다.

해나는 방갈로에 캐리어와 책가방들을 내려놓기 무섭게 침대에 앉아 종이를 펼쳤다.

해나, 당신이 이걸 읽는다면 돌아왔겠군요. 그 생각을 하는 것만으로도 나는 기쁩니다. 당신이 가고 나서 하루 이틀, 시간이 흐를수록, 정말 놀라운 체험을 하고 있거든요. 나의 천국, 어린 왕자의 별이 더 이상 천국 같지 않다는 것을요. 나의 휴식처, 그린레프트도 텅 비어버렸습니다. 떠난 것은 당신인데, 나는 마치 내가 떠나버린 사람처럼 멀찍이서 이곳을 지켜보고 있네요. 나의 세상이, 아니, 내가 달라졌어요. 당신이라는 사람 없이…… 불완전해진 거죠.

나는 지금 정자세로 앉아 있습니다. 해나, 이렇게 바른 자세로 앉아, 당신에게 들려주고 싶은 이야기가 있기 때문이에요. 나는 한 마디도 함부로 고르지 않고, 핵심이 잘 전달되게끔 공들여 써내려갈 작정입니다. 왜냐하면, 정자세로 앉기 전까지 나는 오랫동안 누워 있었거든요. 무력한 시간 속에 자신을 방치하면서,

되짚어보았죠. 내가 당신에게 뭔가 최선을 다하지 못한 점이 있었는가. 그래서 당신이 떠나기 전날까지도 내게 아무 말이 없었는가. 과연 편지에 약속한 그날 당신이 돌아올 것인가. 나는 두려움에 빠져서 밑도 끝도 없이 그런 생각들을 하고 또 했죠.

두려움을 이기기 위해 남겨진 방법은 유일했어요. 바로 당신에게 거절당할까봐 두려워서 미처 하지 못했던 말을 글로써 전하는 것이었죠. 똑바로. 용기 있게. 그러므로 나는 당신이 내게 오기 전, 이 글을 먼저 읽어주기 바랍니다. 내가 당신에게 부족했던 점이 있었다면, 이 고백으로 그 부족함을 채워주세요. 그러고 나서 당신이 내게 와준다면, 나는 두려움 없이, 순수한 기쁨만으로 당신을 맞이할 수 있을 겁니다.

그린레프트에서 새 삶을 시작한 뒤에 곧바로 트리하우스를 지을 생각을 했던 건 아니었어요. 먼저 어머니에게로 갔죠. 거기서 반 년쯤 보내고서, 다시 반 년쯤 떠돌이 생활을 했어요. 큰 나라를 떠돌았습니다. 자신들이 세상의 중심이라고 여기는 사람들이 사는 곳이요. 거기서 접시를 나르고, 잔디를 깎고, 유리창을 닦고, 페인트칠을 했습니다. 목적지 같은 게 있을 리 없었죠.

아니, 최종 목적지는 변함없이 어린 왕자의 별이 되리란 걸 알고 있었지만, 나는 아직 섬이 나를 어떤 식으로 필요로 하는지를 알 수가 없었어요. 나는 내가 섬을 필요로 하는 것처럼 섬도 나를 필요로 하기를 바랐죠.

떠돌이 생활을 하는 동안, 고물차를 운전하고 다녔습니다. 툭하면 고장이 났고, 고장이 나면 바로 그곳이 머물 곳이 되는 식이었어요. 사막에서 계곡으로, 마을에서 마을로 떠돌았어요. 차에서 자고, 주유소 화장실에서 몸을 씻는 일은 부지기수였습니다.

주유소 화장실에 있는 거울은 대부분 더럽거나 깨져 있었어요. 나는 그 시원찮은 거울 속에 열심히 얼굴을 비춰보곤 했습니다. 왜냐하면, 확인이 필요했거든요. '내가 지금 바로 이곳에 존재한다'는. 그렇게라도 확인하지 않고서는 잘 알 수 없었어요. 과연 내가 황무지 위를 떠다니는 먼지인지, 억새풀 위를 잠깐 비춘 햇살인지. 나는 내 자신의 실질적인 부피와 무게를 느껴야 했습니다. 거울 속 얼굴을 확인하고, 그것을 만지는 내 손을 다시 거울로 확인해야만 했죠. 그러고 나면 조금 안도가 되면서, 다시

길 위에 나설 수가 있었습니다.

해나, 그때 주유소 거울에 비친 내 얼굴은…… 당신의 얼굴을 하고 있었어요. 내가 당신을 맨 처음 보았을 때, 그 얼굴이요. 떠돌이 얼굴이죠. 자신이 세상에 구하는 것과, 세상이 자신에게 주는 것이 일치하지 않아 찾아 헤매는 사람의 얼굴이요. 그런 사람은 자기 집 찬장 속에 들어가 앉아 있어도 그 얼굴을 하고 있어요.

나는 단번에 당신의 얼굴이 좋았어요. 좋았다는 표현은 정확하지 않을지도 모르겠습니다. 다만, 미치도록 끌렸어요. 그 얼굴에 담긴 텅 빈 자리와, 그 아래 들끓는 질문들과, 자석이 쇳조각을 끌어당기듯, 그 질문들이 하나씩 끌어모을 향후의 지혜에 대해서 당장이라도 마주 앉아 이야기를 나누고 싶었죠. 나에 대해 말해주고 싶었어요. 당신에 대해 알고 싶었고요. 나답지 않게 마음이 급해졌어요. 그건, 이전에 내가 알지 못하던 나였죠. 그렇게, 잰 체하는 십대 소년처럼 서투르고 성급해진 채로, 나는 당신 곁을 서성이기 시작했습니다.

물론, 당신은 한참 당신만의 주유소를 떠돌고 있었어요. 우리에겐 일정한 시간 차가 있었죠. 그러므로 나는 내가 기다려야 한다는 것을 알았습니다. 건들거리는 십대 소년은 성급한 마음을 억누르고, 품위를 갖추려고 애썼답니다. 하지만, 네, 실수를 한 적도 있지요. 어린 왕자의 별이 당신이 잠시 들른 주유소 중 하나에 불과하다는 생각에 사로잡히면 참을 수 없이 초조해졌거든요.

해나, 나는 당신에게 남은 주유소가 많지 않다고 느껴요. 어쩌면 지금쯤 '이제 더 이상 남은 주유소는 없다'고 내게 돌아와 이야기를 해주기를, 나는 바라고 있는지도 모르겠어요. 설령 그렇지 않다고 해도, 아직도 사막 한가운데서 또 다른 주유소를 찾아 헤맨다 해도, 그간의 헤맴이 모두 부질없어서 이제부터 새로이 헤매겠다 해도, 그리하여 당신을 다시 이곳에 데려다놓은 것이 또 다시 상처의 힘이어도, 상실의 힘이어도, 난 괜찮아요. 당신이 나와 함께 하는 한 두렵지 않아요. 당신이 돌아오지 않는 것만이, 나를 떠나는 것만이 두려울 뿐이에요.

해나, 당신도 알다시피 나는 보잘것없는 사람이에요. 지닌 것이라곤 '미래'뿐이죠. 그러므로 이렇게 당신이 돌아오길 바라는 것이 뻔뻔하다는 것도 알아요. 하지만, 이 말만큼은 꼭 하고 싶어요.

제아무리 지저분한 주유소 화장실이라 해도,

나는 감당할 수 있습니다.

폴더는 여전히 비워져 있어요. 첫사랑에 빠진 소년처럼 서투르지만, 당신이 사랑했던, 사랑하는, 사랑할, 모든 것을 담고도 용량이 남는 사람이란 걸 믿어주세요.

하늘이 분홍빛을 띠기 시작했다. 해나는 곧장 마디의 집으로 향했다. 지금쯤 마디는 어린 왕자의 별에서 집으로 돌아오기 위해 도구를 정리하고 있을 것이다. 그래도 혹시나.

방문이 열려 있었다. 해나는 계단 아래칸에 서서 빼꼼히 안을 들여다보았다. 뜻밖에도 방안에 마디가 잠들어 있었다. 얕은 잠을 자고 있었는지, 바깥 기척에 예민하게 일어나 앉았다. 그의 얼굴은 핼쑥했고, 어두웠다. 맑음 씨에게 한 번도 드리워진 적 없는 그늘이었다. 해나의 가슴 한 귀퉁이가 또 아프게 뜯겨나갔다.

"…… 해나?"

"네."

해나는 선물을 든 채로 문가에 서 있었다. 마디가 다가와 해나의 뺨을 두 손으로 감쌌다. 그는 휘파람 소리를 닮은 가느다란 한숨을 쉬었다.

"미안해요, 다시는 그렇게 떠나는 일 없을 거예요."

"읽었군요."

"네, 읽었어요."

해나는 선물을 내밀었다. 두 권의 책 위에 카드처럼 반으로 접힌 종이 한 장이 있었다. 마디가 펼쳤다.

"내가 살고 싶은 집 내부를 스케치해보았어요. 더블침대는 창가에 놓을 거예요. 책상은 오른편에. 책상 위엔 노트북이랑, 꽃병을 놓을 거예요. 툭하면 눈이 멀도록 빨간 꽃을 주는 남자가 있으니까."

더는 말이 필요 없다는 듯, 마디가 해나의 미간에 입을 맞췄다. 그리고 두 눈꺼풀에, 콧등에, 입술에 입을 맞췄다.

"이리 와요."

마디가 해나의 손을 잡아끌었다.

"어서 와요."

해나가 방으로 들어서자, 마디가 방문을 닫았다. 해나는 마디의 가슴에 코를 묻었다. 변함없는 해초 냄새.

인간은 탄생과 함께, 보기 전에, 만지기 전에, 냄새를 맡는

다. 후각은 가장 근원적인 감각이다. 냄새에 익숙해진다는 건 관계를 맺는다는 뜻이다. 운명의 지도에 새 영토가 생긴다는 뜻이다.

해나는 마디의 눈을 똑바로 쳐다보며 또박또박 말했다.

"나도, 이제, 당신을, 감당할 수 있어요."

해나가 눈을 떴을 때, 곁에 『오늘도 좋은 하루』가 펼쳐져 있었다. 페이지 중앙에는 예의 새빨간 꽃 한 송이가 놓여 있었다. 도마질 소리가 들렸다. 마디가 부엌에 있는 모양이었다. 얼마나 잠들었던 것일까? 방문을 열었다. 청량한 아침 햇살이 밀려들어왔다. 태초의 내음을 머금은 바닷바람도. 해나는 이 아침에 걸맞은 가장 완벽한 제목을 지닌 책이 있다면, 바로 이 책일 거라고 생각했다.

눈을 떠봐요
비밀을 말해줄게요.

당신이 가장 기다리던

그날이 바로 오늘이래요.

햇님이 당신을 위해
환하게 불을 밝혀준대요.
달님이 당신을 위해
저 멀리 어둠을 잠재웠대요.
커다란 방처럼
새로운 하루가 열려 있대요.

무엇이든
당신은 할 수 있어요.

조랑말이 들판을 가로지르듯이
산양이 절벽을 건너다니듯이
연어가 물살을 거스르듯이

그들이 날마다 할 수 있다면
오늘
당신도 할 수 있어요.

어제는 유리병 속에 담겨버렸고
내일은 아직 유리병 속에 담겨 있어요.

하지만 오늘은
당신 두 손에 담겨 있어요.

무엇이든
당신은 할 수 있어요.

바람이 불어도 괜찮아요.
용기 내 낯선 집 문을 두드리세요.
문을 열어준 그 사람이
오늘 당신의 친구가 될 거예요.

비가 내려도 괜찮아요.
하던 일을 멈추고 나무 아래 웅크리세요.
거기 피어난 어여쁜 꽃이
오늘 당신의 기쁨이 될 거예요.

두려워 말아요.

오늘은 언제나 당신 편이에요.

어서 눈을 떠봐요.

비밀을 말해줄게요.

당신이 가장 기다리던

그날이 바로 오늘이래요.

해나는 부엌으로 가, 등 뒤에서 마디를 끌어안았다. 마디가 곧바로 돌아서서 입을 맞췄다.

"잘 잤어요?"

"네. 고마워요, 꽃."

"나도 고마워요."

"뭐가요?"

"그냥, 다 자꾸 고마워요."

둘은 다시 입을 맞췄다. 해나는 뒤에서 마디를 꼭 끌어안은 채로, 마디가 불로 가면 불로 가고, 수도로 가면 수도로 갔다.

둘은 행복한 샴쌍둥이처럼 키득거리며, 계속 그렇게 움직였다.

아침식사를 마치고 그들은 해변을 향해 걸었다.

"오늘은 요리를 하면서 어떤 상상을 했어요?"

"상상하지 않았어요. 대신, 기억했어요. 우리에게 벌어진 모든 일들을."

"나도 지나간 이야기를 해도 될까요?"

"그럼요."

"재인이가 태어나던 날 이야기예요. 길어질지도 몰라요."

마디가 걸음을 멈추고 해나의 얼굴을 들여다보았다.

"얼마든지요."

"푸른 봄날이었어요. 진통이 시작되어서 택시를 탔는데, 하늘 한가운데에 작은 구름이 유독 눈에 띄었어요. 아기 곰처럼 생긴 구름이었어요. 혼자 병원에 가야 해서 굉장히 두려웠는데, 우리 아기의 탄생을 축하해주러 왔구나, 그런 생각이 들어서 그 와중에도 기뻤어요……."

둘은 그린레프트의 해변을 오래도록 거닐었다. 그동안 재인이는 목을 가눴고, 방싯 웃었고, 옹알이를 했고, 뒤집었고, 아기욕조에 앉아 비누거품 놀이를 하다가, 벌떡 일어나 걷고, 뽀뽀를 했다.

재인이가 돌 무렵이 되었을 때, 마디가 점심으로 코코넛 밥을 내왔다. 코코넛 밥을 먹는 동안, 재인이는 단어를 말했고, 물에 씻은 김치를 먹고 온몸을 부르르 떨었고, 열감기로 응급실에 실려갔고, 단어를 연결하더니, 그림책을 넘겼다.

재인이가 두 돌 무렵이 되었을 때, 해나와 마디는 방 안 그늘에 나란히 앉았다. 재인이는 바퀴 달린 모든 것에 열광했고, 공만 보면 자기 공인 양 쫓아갔고, 엉덩이춤과 고추춤을 번갈아 췄고, 온갖 아는 어휘와 몸짓을 동원해 사랑을 표현했으며, 우유로 장난치다 혼이 났다.

재인이가 세 돌이 되었을 때, 둘은 문가에 서로 기대앉았다. 재인은 간단한 숫자를 셌고, 층간소음의 제왕이 되었으며, 하루에 천 번쯤 "왜?"라고 물었고, 세발자전거의 페달을 돌리기 시작했으며, 하트를 삐뚤삐뚤 그려서 해나 손에 쥐어주었고, 형체를 알아볼 수 없는 그림을 그린 뒤 엄마라고 우겼다.

재인이가 네 돌이 되었을 때, 마디는 저녁으로 야채볶음밥을 내왔다. 그리고 해나의 어깨를 주물러주었다. 해나는 온몸이 이야기 자루가 된 사람처럼 낱낱이 기억해내고, 남김없이 꺼냈다. 마디는 온몸이 귀로 덮인 사람처럼, 숨소리 하나까지 놓치지 않고 경청했다. 둘은 눈을 감았고, 미소를 지었고, 발을 구르며 웃다가, 눈물을 닦았다. 신기해했다가, 대견해했다가, 인내했다가, 기뻐하다가, 결국 감동했다.

재인이는 다섯 돌이 되었고, 다시 수개월이 지나, '그날'에 이르렀다. 해나는 수만 번 리플레이 했던 그날에 대해 말했다. 쌀알을 한 톨씩 젓가락으로 집어 그릇 안에 넣듯 조심스럽게. 침대에 모로 누워 놀던 아이, 경비실 옆의 죽은 고양이, 하나같이 유통기한이 임박한 우유들…….

어둠이 노을을 덮었다.

"……재인이의 장례식 제단에는 돈가스를 올렸어요. 가장 좋아했으니까. 텅 빈 장례식장에 돈가스 냄새가 줄곧 떠다녔어요. 난 아직도 머리카락이 흔들릴 때 그 냄새가 풍겨나오는 것 같을 때가 있어요."

마법 같은 기억력이 그녀 안에서 샘솟았다가, 제 역할을 다하고 사그라들었다. 해나는 결승점에 도착한 마라토너처럼 녹

초가 되었다. 마디가 해나를 꽉 끌어안았다.

"재인은 짧지만 멋진 생을 보냈군요. 잘했어요. 당신은 최선을 다했어요. 당신은 내가 아는 가장 강인한 사람이에요."

차가워진 몸에 마디의 체온이 번지는 것을 느끼며, 해나는 쓰러지듯 잠들었다.

지금 이 순간은,
그래도 좋지 않니?

"이모, 안젤로 형이 바다거북 몇 마리랑 놀고 있을 것 같아?"

제이는 보트에 앉지도 못한 채 서서 물었다. 해나는 제이가 이토록 안절부절못하는 것을 처음 보았다. 오늘 그들은 바다거북이 출현할 만한 지점을 찾아 이리저리 다녀봐야 할 것이다. 바다거북은 나타나 줄 수도, 아닐 수도 있다.

마디는 제이가 실망하지 않도록 기대치를 낮췄다.

"일단 만나기만 해도 행운이잖아. 너도 알고 있지, 제이?"

"알아. 그래도 난 오늘 다섯 마리를 만날 거야."

"다, 다섯 마리나?"

"응! 안젤로 형이라면 그쯤 거느리고 지낼걸."

바다거북은 대부분의 파충류와 마찬가지로 군집 생활을 하지 않는다. 산란기에 한 장소에 대거 출현하기는 하지만, 일대에는 바다거북의 산란 장소도 없으며, 지금은 산란기도 아니다. 마디조차 다섯 마리를 한꺼번에 만난 적은 없다.

해나가 짐짓 명랑하게 말했다.

"좋아, 제이. 만약 우리가 오늘 바다거북 다섯 마리를 만난다면 그건 안젤로와 재인이가 아주 행복하게 지내고 있다는 뜻인 거야. 그러니까 우리도 모두 안심하고 잘 지내기다!"

이디가 노래를 만들어 분위기를 돋웠다.

"가보세. 가보세. 가보면 알겠지. 만나면 좋을 것이요. 못 만나면 또 갈 것이요……."

소피아가 해나의 무르팍에서 엉덩이를 들썩이며 뒤따라 노래를 지어냈다. 소피아는 오늘 해나가 선물한 원피스를 입고 어여쁜 분홍공주가 되었다. 배가 볼록 나온 공주.

"바다거북, 바다거북, 안녕, 안녕……."

아침 바람이 차가워, 해나는 소피아의 동그란 배를 두 손으로 덮었다. 보트는 전진했다. 다섯 마리의 바다거북들이 산책에 나섰을 어딘가를 찾아서.

길고 아름다운 백사장에서 보트가 멈췄다. 마디는 이 섬에서 몇 차례 바다거북을 만난 적이 있다고 했다. 아침마다 차가운 조류가 흘러들어 다양한 바다생물들의 미팅 장소가 되는 곳인데다, 해안선을 해조류가 뒤덮고 있어 바다거북에게 좋은 먹이를 제공하기 때문이라 했다. 게다가 해조류 숲이 끝나는 지점부터는 급격히 수심이 깊어지는 지형이어서, 바다거북으로서는 언제라도 되돌아가기 안전하다 느껴 해안선까지 올라오는 모험을 감행할 만하다는 것이다.

엉덩이춤을 추던 소피아는 어느새 잠들었다. 이디는 소피아와 함께 보트에 남아 있기로 했다.

“자, 신나게들 한바탕 놀고 와요!”

이디의 응원 속에 해나는 구명조끼와 스노클 수경을 착용했다. 마디와 제이는 맨몸으로 곧장 물에 뛰어들었다. 그들은 순식간에 시야에서 사라졌다.

차가운 물과 미지근한 물이 만나는 자리마다 물고기들이 떼지어 아침 운동을 하고 있었다. 통방울처럼 눈이 튀어나온 녀석, 주둥이가 긴 녀석, 점처럼 찍힌 가짜 눈으로 두리번거리는 척하는 녀석, 투명해서 뼈가 다 보이는 녀석, 무지갯빛으로 번쩍이는 녀석…… 온갖 물고기들이 열기구처럼 둥글게 모였다가, 폭죽이 터지듯 흩어졌다. 아침 햇살을 받은 산호들이 여기저기 화려한 꽃밭을 만들어놓았다. 바닷속이 아름답다는 것을 익히 알고 있는 사람에게조차, 바다는 언제나 그 아름다움을 새롭게 갱신해서 보여준다. 해나는 오직 감탄사밖에 알지 못하는 사람처럼 아아, 오오, 와아, 감탄에 감탄을 거듭하며 나아갔다.

제법 시간이 흘렀다. 바다거북은 한 마리도 보이지 않았다. 마디가 해나 쪽으로 헤엄쳐 왔다.

"제이 못 봤어요?"

해나는 고개를 저었다. 수면 위 사방을 둘러보아도, 저 멀리 마디의 보트 외에는 사람의 흔적을 찾을 수 없었다. 제이의 수영 실력을 알고는 있었지만…… 둘은 약속이나 한 듯 흩어져 제이를 찾기 시작했다.

해나는 속도를 냈다. 해조류가 끝나는 지점부터는 정말로 뚝 떨어지는 벼랑처럼 바닥이 깊어졌다. 거기엔 검푸른 어둠뿐이었다. 해나는 헉헉거리며 어둠 속을 한참 더듬어 나아갔다. 바다사람이 아닌 그녀에게 깊은 바다에서 누군가를 찾는다는 건 막막한 일이었다. 지금 이곳이 방금 지나왔던 그곳의 앞쪽인지, 혹은 옆쪽인지, 멀리 나아간 것인지, 제자리를 맴도는 것인지, 도무지 가늠할 수가 없었다. 해나는 수시로 고개를 빼 해안선을 바라보며 위치를 확인했다. 한참을 헤엄치고서 고개를 빼보면 거기가 거기인 경우도 있었다. 의도한 것과 정 반대방향으로 이동해 있기도 했다. 초조함으로 심장이 오그라들었다. 대체 이 넓은 바다 어디에 제이가 있는 거지?

누군가 어깨를 쳤다. 제이였다! 해나는 반가움에 제이를 잡으려 했다. 하지만 제이는 해나의 손길을 뿌리쳤다. 다급하게 저 아래쪽을 가리켰다. 제이가 손가락질하는 그곳엔 아무것도 없었다. 뿌옇고 검푸른 어둠뿐. 제이는 몇 번 더 큰 동작으로 그곳을 가리키다가, 일 분 일 초가 급한 듯, 쑤욱 발을 차며 나아가버렸다.

수심이 깊은 곳이었다. 어둠이 순식간에 제이를 삼켰다. 바로 그때, 제이가 사라진 바로 그 자리로, 연이어 무언가 빨려 들어가는 것이 보였다. 쿵! 쿵! 해나의 가슴이 뛰었다. 둥글고 잽싼 그것은…… 바다거북이었다!

바다거북은, 창공을 가르는 행글라이더처럼, 네 다리를 거의 움직이지도 않고 눈 깜짝할 사이에 사라졌다. 그러고도, 연

달아, 희미하게, 더 움직이는 것이 있었다. 해나는 최대한 눈을 크게 떴다. 하지만 도저히 알아볼 수는 없었다. 어둠 때문이었다. 게다가, 수경에 김까지 서렸기 때문이었다. 황급히 수경을 벗어 물에 담갔다 꼈다. 늦었다. 완벽한 어둠뿐이다.

어떻게 된 거지? 어떻게 된 거야? ……그런데 …… 세상에, 재인아. 거북이는 절대 느림보가 아니야!

해나는 그 자리에서 꼼짝 않고 제이를 기다렸다. 조금이라도 움직이는 순간 그 자리를 벗어날 것 같아서, 그러면 제이가 사라진 지점을 다시 찾아내지 못할 것만 같아서 마디조차 부를 수 없었다. 제이가 동굴 속으로 들어간 것도 아닌데, 어쩐지 해나는 반드시 그리로 되돌아 나올 것만 같았다. 온 신경을 곤두세워 제이가 사라진 지점을 응시했다.

하나, 둘, 셋, 넷, 제이……, 넌 꼭 돌아올 거야. 다섯, 여섯, 일곱…….

천천히 백까지 세고 다시 하나부터 세기 시작했다.

열아홉, 스물, 스물하나…….

섣부른 걱정을 누르기 위해 손가락을 꾹꾹 꼽아가며 셌다.

허연 것이 꿈틀거려!

제이의 바지와 흡사한 빛깔이다. 곧장 해나 쪽으로 다가오는 것 같다.

맞아! 이쪽이야!

먼저 팔과 다리가, 그리고 머리와 얼굴의 이목구비가 조금씩 또렷해진다. 마치 어두운 양수 안에서 몸의 형상을 만들어가는 생명체처럼.

제이다!

제이는 해나 앞에 이르러 수면 위로 고개를 빼고 거친 숨을 내뿜었다. 그러고 나서, 뭐라 단정짓기 어려운 표정으로 해나를 응시하더니, 그대로 앞장서 헤엄치기 시작했다. 보트가 정박되어 있는 곳과 반대쪽, 바위투성이 해변을 향해.

제이는 넓적한 바위를 찾자마자 벌러덩 드러누웠다.

“내가, 맞았어. 형은, 아주, 잘 지내고, 있어.”

제이는 가쁜 호흡 때문에 고통스러워 보였다. 작은 가슴이 크게 들썩였다.

“일곱, 마리나, 봤다니까! 바다, 거북, 일, 곱, 마, 리! 우린, 다 같이, 춤췄어. 이렇게, 뱅글뱅글, 돌고, 올라갔다, 내려갔다, 하는 거.”

해나는 그 춤을 알고 있었다. 무화과나무 섬에서 모닥불을 피우고 뱅글뱅글 돌며 췄던 춤. 제이는 잠시 말을 멈추고 숨을 골랐다.

“형이랑 툭하면 추던 춤이야. 형이 거북이들한테 가르쳐준 게 틀림없어. 일곱 마리 다 같이 췄다니까! 믿을 수 있어? 내가 맞았지? 형은 하고 싶은 걸 다 하면서 지내고 있다고."

"정말이네. 기쁜 소식이야."

그런데 제이는 갑자기 할 말을 잃은 사람 같았다.

"…… 하지만."

제이가 눈을 크게 떴다.

"하지만…… 이모?"

큰 눈에 유리알처럼 두껍게 눈물이 뭉쳤다.

"형은 왜 나를 보러 오지 않았어?"

이런, 제이. 오늘 안젤로를 만날 수 있으리라 기대했구나.

"왜 거북이들만 보냈어? 난 정말 형이 보고 싶었는데."

제이가 바위에서 벌떡 일어나 앉았다. 두꺼운 유리알이 마구 부서져내리기 시작했다.

"형은 내가 안 보고 싶은 거야? 그럴지도 몰라. 내가 형 심부름을 되게 귀찮아했거든. 특히 그물 손질할 때 난 맨날 도망쳤어."

"아니야, 제이. 형도 틀림없이 네가 보고 싶을 거야. 너랑 놀던 시간을 많이 그리워할 거야. 다만……."

머리카락에서 떨어지는 물과 눈물이 한데 뒤섞여, 제이의 얼굴은 흠뻑 젖었다. 해나는 손바닥으로 자그만 얼굴을 여러 번 닦아주었다.

“어떤 곳은 일단 도착하면 다시 전에 살던 곳으로 되돌아갈 수 없는 곳이 있어. 그건 형도 어쩔 수 없는 거야. 아무리 크고 힘센 사람이라도 그곳에 가면 그렇게 돼. 쓰나미가 올 때, 우리가 할 수 있는 게 없는 것과 마찬가지야. ……하지만 너무 오래 슬퍼하거나 억울해할 필요는 없는 게…… 우리도 언젠가 그곳에 가게 돼. 조금 먼저 가는 것과 나중에 가는 차이뿐이야. 그동안 형은 거기서 행복하게 지내고, 너는 여기서 행복하게 지내면 되는 거야.”

제이는 해나의 말을 끝까지 들었다. 듣는 동안, 어마어마한 재채기를 참는 사람처럼 코끝에 힘을 주고 온 얼굴의 근육을 당겼다. 그러고는 참다, 참다, 도저히 안 되겠다는 듯 내질렀다.

“그건 왜 꼭 그래야 하는 건데? 싫어!!! 정말 싫어!!!”

제이는 허엉 헝, 통곡하기 시작했다. 해나가 제이를 안았다.

그래. 울어. 얼마든지. 무력하지. 너무나 무력하지. 하지만 그렇기에 더더욱 배우게 된단다. 먼저 간 사람 몫까지, 의미 있게 이 삶을 살아내는 법을.

이디와 소피아는 해변에서 거북이 인형을 물에 담그며 놀고 있었다. 해나와 제이가 다가가자, 이디가 말했다.

"말도 마. 잠에서 깨자마자 자기만 빼고 바다거북 보러 갔다고 어찌나 울어댔는지. 이렇게 가짜 바다거북을 만들고 나서야 그쳤다니까."

소피아가 해나에게 젖은 인형을 자랑스럽게 들어올렸다.

"잘했다, 소피아. 안 그래도 목욕시켜줄 때가 됐는데."

"목욕한 거 아냐. 수영한 거야."

"그래. 바다거북은 정말 수영을 잘하더라."

이디가 궁금해죽겠다는 듯 물었다.

"바다거북을 만난 거야?"

제이가 대답했다.

"네, 일곱 마리나요!"

"뭐? 진짜야?"

이디가 믿기 힘들다는 듯, 해나를 쳐다보았다.

"솔직히 난 제대로 못 봤어. 제이만 만나주고 갔어."

잠시 후 마디도 해변으로 올라왔다.

"마디, 제이가 바다거북을 일곱 마리나 만났대요. 해나는 안 만나줬대. 우하하."

"정말? 대단한데? 제이, 잘했어."

마디가 제이를 품속으로 잡아당기고 격하게 머리카락을 헝클어뜨렸다. 배 나온 분홍공주가 샘내듯 둘 사이를 파고들었다.

"소피아도 잘했어! 소피아도!"

백사장 안쪽의 나무 그늘 아래에서 다 같이 이디가 준비한 샌드위치를 나누어 먹었다. 다 먹자마자, 소피아는 분홍 원피스를 뽐내기 시작했다. 뱅글뱅글 돌며 둥글게 치마폭을 펼쳤다. 마디와 이디는 각자 한적한 그늘을 찾아 책을 읽기 시작했다. 제이는 몹시 피곤했는지 곧바로 잠이 들었다. 해나는 제이의 얼굴을 내려다보았다. 눈두덩이 약간 부은, 그러나 눈물로 한 겹 씻어낸 뒤의 곤한 평화가 깃든 얼굴이었다. 해나는 보트에서 카디건을 가져와 제이를 덮어주었다.

"…… 이모."

잠에서 깬 모양이었다.

"응?"

제이는 반쯤만 뜬 눈을 먼 수평선 쪽에 두었다.

"죽는 건 꼭 나쁜 건 아닌 것 같아. 사는 게 꼭 좋은 것도 아닌 것처럼."

"제이……."

아이들은 크게 울거나 아프고 난 뒤에, 꼭 이렇게 '갓' 생겨난 성숙함으로 세상을 마주한다. 성숙하느라 힘을 다 써버렸다는 듯, 조금 힘없이. 해나는 자신의 손을 제이의 손 위에 올렸다.

"봐봐. 아빠는 아프잖아. 엄마는 맨날 걱정하고. 게다가…… 학교에 갔더니 날 바보라고 부르는 녀석이 있더라. 엄청 덩치가 커서 그냥 놔둬. …… 사는 건 그런 거야. 앞으로도 그럴 거야."

소피아는 계속 뱅뱅 돌며 춤을 추었다.

"재를 봐. 어릴 때만 행복이 많은 거야. 이모, 이모 아들은 몇 살에 죽었어?"

"여섯 살."

"그럼 굉장히 행복하게 살았을 거야."

"이모도 그랬길 바라."

"그때는 행복하기가 쉽잖아. 조약돌 하나를 저글링 하는 것처럼 쉬워. 하지만 나이가 많아지면……."

"돌이 늘어나지. 어른들은 한꺼번에 열 개를 저글링 하기도 해."

"응. 그러다 떨어뜨리고."

"맞아."

머리카락이 살짝 들썩일 정도의 미풍이 불어왔다.

"그런데, 제이. 사는 게 꼭 좋은 건 아니라지만…… 지금 이렇게 터놓고 이야기를 나누는 순간은 좋지 않니? 이모는 지금 참 좋다."

"나도."

제이는 해나로부터 손을 빼내더니 자신의 이마를 짚었다.

"근데 머리가 띵해. 오늘 생각을 너무 많이 했어."

"내가 봐도 그러네. 무슨 인생 통달한 할아버지랑 얘기하는 것 같아."

해나는 제이의 이마를 짚어보았다. 정상이었다.

"진짜 인생을 통달한 할아버지 이야기를 해줄까? 이 할아버지는 경험도 학식도 풍부한 사람이야. 책도 많이 쓰고 영화도 많이 만들었어. 하지만 이제 살날이 얼마 남지 않은 걸 알아. 투덜거리지. 등도 아프고, 기억력도 감퇴하고, 늙어서 좋을 건 하나도 없다고 말이야. 게다가 누구라도 결국엔 죽는 게 확실하니까, 인생은 비극이라고 말해. 슬픈 결말을 지닌 연극 말이야. 그런데 거기에 이렇게 덧붙인다. 인생은 전체로 보면 비극이지만, 자세히 들여다보면 그 안에 좋은 순간들이 담겨 있다고."

제이가 자리에서 일어나 앉았다. 해나는 제이의 어깨에 팔을 둘렀다.

"지금처럼 말이야. 이모한테 좋은 순간을 선물해줘서 고마워."

제이가 해나의 어깨에 머리를 얹었다.

"제이, 너는 저글링이 잘될 때 기분을 알지?"

"응."

"어떤 기분이야?"

"음…… 그때는 손이 안 보여. 돌만 보여. 신기해. 아주 잘 보여. 되게 좋아."

"그 기분 알 것 같다. 이모한테도 그런 순간이 종종 있었던 것 같아. 힘들어도 하나도 힘든 줄 모르겠고, 그저 일이 착착 돌아가는 것만 너무 기쁘고 보람 있는 순간."

제이가 어깨에 얹은 머리를 끄덕였다.

"이모, 이모는 사는 게 좋아?"

"흣. 우리 영감님 연세가 너무 적으셔서 이모가 뭐라고 대답해야 할지 모르겠는데? 넌 어떠니?"

"괜찮은 것 같아. 날 때리는 녀석도 있지만, 바다거북도 있잖아."

"그것도 일곱 마리나."

마디가 다가왔다.

"무슨 얘길 그렇게 재미있게 해요?"

"마디, 학교에 제이를 괴롭히는 녀석이 있대요. 어떻게 할까요?"

"네에?"

마디는 팔짱을 끼고 한쪽 눈썹을 치켜올렸다.

"제이, 지금 출발하면 학교 끝날 시간이지? 가서 교문 뒤에 숨어 있다가 그 녀석을 덮쳐버리자. 네가 오늘 결석했으니 완전 무방비 상태일 거야. 본때를 보여주자고!"

보트가 청량한 바람을 일으키며 달렸다. 저 멀리 그린레프트가 모습을 드러내기 시작했다. 백사장을 따라 마을이 잔잔하고, 좌우로 맹그로브 숲이 빽빽한 아름다운 곳.

오후의 그린레프트는 하굣길 아이들로 활기가 넘쳤다. 공을 차는 아이들, 교복 치마째 바닷물 속에 몸을 담근 여학생들, 벌써 양동이를 들고 부모님 심부름에 나선 아이…….

그중 유독 큰 무리를 지은 아이들이 해변에서 마디의 보트를 향해 손을 흔들었다. 열 명쯤 되어 보였다.

마디는 일찌감치 그들을 알아보고 씩 미소를 지었다.

"해나, 잘 보세요. 당신에게 손을 흔드는 거예요."

"나에게요……?"

해나는 눈을 가늘게 떴다.

조금씩, 조금씩, 보트가 마을에 가까워질수록 아이들의 모습이 뚜렷해졌다. 하지만 미처 아이들의 이목구비를 알아보기 전에, 해나는 그들의 가방을 먼저 알아보았다. 아홉 개의 반짝반짝 빛나는 새 가방들.

"아."

해나는 벌떡 일어나, 손을 힘껏 흔들기 시작했다.

지난해, 우리는 모두 해나였다.

한꺼번에 삼백 명의 아이들을 잃으면서, 우리는 동시에 해나가 되었다. 기가 막혀서, 기가 막혀서, 우리는 밥을 먹지 못했고 잠을 이루지 못했다.

그럼에도, 우리는 해나가 아니었다.

애도가 시작되는가 싶더니 계산이 시작되었다. 면피하고 다투었다. 이도 저도 지겨워진 이들은 구석에서 시시덕거렸다. 참담한 나날이었다.

상실과 박탈은 지속적인데, 그것을 채워줄 아무런 일들이 끝내 일어나지 않는 현실이 이 책의 시작이었다. 해나가 옷장 밖으로 빠져나와 걷는 것을 보고 싶었다. 그녀가 벌떡 일어서서, 자신을 되찾고, 사랑받고, 사랑하는 모습을 미치도록 보고 싶었다.

불행히도, 시간은 저 혼자 흘렀다.

'진짜 해나'는 아직도 옷장에서 나오지 못하고 있다. 이 땅에는 야만이 범람하고 있다. 그래서 해나가 안식을 찾은 곳은 이 땅이 아니다. 그린레프트라는 가상의 공간이 되었다.

그러므로, 이것은 해결에 대한 이야기가 아니다.

다만 응원과 위로의 이야기다. 도저히 일어설 수 없을 것 같은 상실감 속에서, 어떻게 일어서고 방황하다가 연대할 손을 잡게 되는가에 대한 하나의 따뜻한 가정假定이다.

간절히, '진짜 해나'가 옷장에서 나오기를 기원한다.

2015년 봄,

오소희

지은이 오소희

'사람'을 여행하고 글을 쓴다. 아프리카에서 남미에 이르기까지 지구 곳곳의 삶을 관찰하고 그들이 펼쳐 보이는 애잔한 사연들을 깊고 따스한 성찰의 언어로 기록해왔다. 그 기록의 결과물들이 『바람이 우리를 데려다주겠지』 『욕망이 멈추는 곳, 라오스』 등 다수의 책으로 출간되어 수많은 독자들의 공감과 지지를 받았다. 『해나가 있던 자리』는 그녀의 첫 번째 소설이다.

일러스트 김선정

대학에서 서양화를 공부했고, 애니메이션 〈마리 이야기〉 〈천년여우 여우비〉 등의 배경을 맡아 작업했으며, 『시민의 정부 시민의 경제』 『한 번은 독해져라』 『솔로계급의 경제학』 『여섯 날의 크리스마스』의 일러스트를 그렸다. 현재 어린이 그림책을 준비하며 프리랜서 일러스트레이터로 활동 중이다. (http://www.underani.com)

해나가 있던 자리

초판 발행 2015년 5월 8일

지은이 오소희
펴낸이 김정순
책임편집 한아름
일러스트 김선정
디자인 이혜령
마케팅 김보미 임정진 전선경

펴낸곳 ㈜북하우스 퍼블리셔스
출판 등록 1997년 9월 23일 제406-2003-055호
주소 121-840 서울특별시 마포구 양화로12길 24(서교동 선진빌딩) 6층
전자우편 editor@bookhouse.co.kr
홈페이지 www.bookhouse.co.kr
전화번호 02-3144-3123
팩스 02-3144-3121

ISBN 978-89-5605-592-3 (03810)

이 도서의 국립중앙도서관 출판시도서목록(CIP)은 e-CIP 홈페이지(http://www.nl.go.kr/ecip)와 국가자료공동목록시스템(http://www.nl.go.kr/kolisnet)에서 이용하실 수 있습니다.
(CIP제어번호:2015012045)